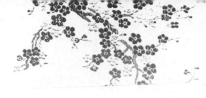

墨龍調戲事典

傀引 著

楔子

龍王宮

楔子：龍王宮

古老的灰色山脈上，矗立著一座雄偉廣闊的宮殿。它被年代悠久的松木林環繞，形成一道天然屏障。

月光閃耀的石板路，琉璃凝成的花朵，全身覆蓋著翠玉獸毛的青鶴猈居於天塔，鳳凰斂羽於宮殿中央最高聳的天松上。蜂蜜般的泉水裡遨遊著七彩蟾魚，羊毛般的白雲上棲息著鈴鹿與金鸞。月弦琴、鳳頭琴與鈴笛樂聲不斷，淌流著繁花釀、紡線酒與赤露的酒泉源源不絕。

眾妖視之為聖土，群獸視之為仙境，卻從沒有一物膽敢越雷池一步。

宮殿前方兩座灰白石獸，會將入侵者咬得粉碎，每多消滅一盞生命燈火，它們胸前的結晶石便會更加清澈耀眼。松木林裡居住著黑袍玄術師與白衣伶者，會將闖入者用松木針刺穿或是化為石像。

千年以來，歷任的黑龍王皆居住於此。現任黑龍王有三位兄長，分別是白龍、青龍與赤龍。僅有身為群妖之首的黑龍王得以居於此地。

這裡是群山的根基，眾湖海的源頭，靈氣匯聚之處，生靈集散之樞紐。之於整座大陸，有如膻中、百會穴之於人體。

它的繁華可比煙蝶樓，莊嚴能比寒燈寺，樂聲得比青鈴，珍禽異獸更勝赤鸞。若說此處是天下最優美的仙境也不為過。

原本應該是這樣的。

一陣刺耳破音的雞啼劃破寧靜。

「——人、類！不許在我的宮殿裡養雞！」

「不好意思，那是你家的鳳凰。」

第一章

煙迴九品

第一章：煙迴九品

掌握得先機，秦觀勾起嘴角，啪搭一聲將手中的竹片全數扔在桌上。

辮子鬍亦在同時將竹片扔向桌面。周遭圍觀的人群發出此起彼落的抽氣聲，視線在兩人的竹片間反覆數趟。

辮子鬍瞠大雙眼，不斷用袖子按去額間冷汗。

秦觀靠向椅背，翹起二郎腿，右手撐著下頷，挑眉道：「二牡丹，三月季，四琴花，五芙蕖。如何？」

辮子鬍咬牙，握緊拳頭。片刻後，才將腰間錢袋解下，重重扔上桌，虎步一蹬，神情僵硬地起身，一撩下襬，粗聲粗氣地對身後的部下喊道：「走！」這就頭也不回地帶著人群離開了。

秦觀笑嘻嘻地將桌上鼓鼓的錢袋收起，拍拍褲子離開酒樓。走到藍天下後，他伸直雙臂伸了個懶腰，淺棕色的眼眸微瞇，貪婪地享受臨冉清爽甜膩的早晨空氣。

繁城就屬臨冉這兒最熱鬧，每天早晨街道巷弄中都瀰漫著琴花香、蒸花六房香氣，還有各式香囊的氣味。當然，少不了方才那些漢子的汗臭，但滿街的香囊一壓，連個屁都聞不到，何況汗臭。

秦觀向來不喜歡過於濃郁的香囊氣味，但臨冉這兒香囊做得挺好，不會讓他鼻子發癢。秦觀皺了皺鼻子，打了個呵欠，將雙手支在腦後，在沸反盈天的市集裡晃蕩，悠哉地四下巡視，找尋今天的早飯。

唔……吃個琴花栗餡包倒是不錯，但早上吃這個會不會太甜了？秦觀蹙起眉，將視線從包子鋪移往餅攤。桂花餅倒是不錯，但這兒的桂花餅不似繁衡那兒有附巳花乾，似乎失了那麼點味兒。

這時，秦觀的視線飄到了一旁的小巷子口。這麼說來……阿六似乎說過，這巷子裡有家店鋪是個繁衡來的老嬤嬤開的，完全是繁衡的口味，桂花餅定有附巳花乾。秦觀停下腳步，考慮不過一秒，便往巷子裡走去。

在繁衡住久了，果真會想念那兒的口味。臨冉這兒的食物味道雖好，卻比繁衡口味重了些。桂花餅就該有巳花乾壓壓味兒，才不會顯得太甜膩。

想起巳花乾的滋味，秦觀的胃口也給勾了起來，趕緊加快腳步。

但兩旁沒有商家，也沒有阿六先前向他提的繁衡餅鋪，看樣子不是他記錯了就是阿六說錯了。

沒走幾步，店鋪沒看到半家，倒是出現了一名滿臉橫肉的大漢擋住他的去路。

「小子，留步。」開口的是臉較黑的漢子，油汪汪的大臉上爬滿麻子，雜亂的頭髮散在腦後，只用類似草莖的東西隨便束起。

秦觀挑眉，看向黑臉大漢。

這時，巷口走入了另一個漢子，身高較矮，留著兩撇八字鬍。在這窄巷裡，黑臉和八字鬍擋住了兩端，讓秦觀無路可行。

秦觀倒也不緊張，反而笑問：「兩位爺找小生有何貴幹？」

八字鬍咧嘴笑，露出滿口黃牙！「小子，爺們的娘親犯了重病，需要把兒抓藥錢吶。借點給爺營生？」

「重病？」秦觀微微張大眼睛。

「咋地，腰風濕、腿風濕，腦袋也風濕。」八字鬍回答，黑臉則在一旁毫不顧忌地笑了起來。「你方才不是在酒館那兒贏了許多銀子？別戛固，俺娘就倚望你啦。」

秦觀垂下眼，嘆了口氣。「真可惜。」

黑臉皺起眉頭，問道：「可惜咋？」

「我原先應有更多銀子來幫助你們娘親的。」

「原先？」換八字鬍問了。事關乎銀子，不得不問。

「是這樣的，我昨兒個去打獵，在南城門口那兒找到了兩隻野兔。一隻是灰色的，又乾又瘦小，毛皮參差不齊，另一隻是雪白的，看樣子就肥美多汁，毛皮也豐厚華美。」

「咋地？」黑臉似是覺得膩歪，無聊地皺起眉頭。

「我搭起弓，想著凡事必有個先來後到，既然我先看到那隻灰兔子，就先打這隻，等會兒再捕另一隻肥兔。沒想到，我的箭才剛射中灰兔，肥兔就受到驚嚇逃了，讓我只能拎著乾八八的灰兔回城。那隻灰兔在市集連個子兒也不值。若是獵到肥兔，我現在的銀兩肯定多了個兩成，你們的娘親也能多點抓藥錢了。」秦觀惋惜地嘆了口氣。

「你這態饟野巴，應該要先捕那隻肥兔！先捕灰兔，怪不當地肥兔嚇跑。」八字鬍冷哼。

「先捕肥兔？」秦觀抬起臉。

「當然。」八字鬍答道。

「若是你會先捕哪隻？」秦觀轉頭看向黑臉。

「當然是肥兔。」黑臉毫不遲疑地答道。

「當真？」秦觀眨了眨眼，眼睛微微瞥向巷口外，再次嘆道：「可惜了！」

「又咋了？」八字鬍不耐煩地問道。

「肥兔啊！」

「已經跑了也是沒法子的事。」黑臉道。

「那兒剛跑掉一個。」秦觀指向巷口。

「一隻肥兔？」八字鬍疑惑地蹙起眉。

「看見那兒那個戴斗笠的人沒有？」秦觀問道。

八字鬍和黑臉一同向外看，皆蹙起眉：「那個窮酸小子是肥兔？你少胡咧咧了。」

「當然。看見他腰間鼓鼓的一包沒有？」秦觀又問。「那裡頭都是金子。」

「金……金子？」八字鬍驚喊，「瞧你這廝小嘴叭叭的，點謊哄嚨差吧，鬼心眼特多專門掂對人，扯謊母個準兒，那樣的窮酸相怎麼可能有滿口袋的金子。」

「這你就有所不知了。」秦觀搖搖頭，「且聽我從頭道來。那人名叫阿六，和我是同在城西長大的朋友。他和他爹五年前在城西買了塊地，那塊地便宜，地質很差，土壤乾裂連根雜草也生得營養不良。他們便將那塊地圈起，改成豬圈、雞舍，打算等把土壤養肥了後再開始耕地。」

「前半個月，他們總算把地養肥了，便將禽畜遷出，拿著鋤頭打算墾地。沒想到阿六他爹一鋤子挖下去，就挖到了個怪東西。那是一口甕，大約有人的頭顱那麼大，上面還畫有奇怪的符紋。阿六和他爹十分擔憂，認為裡頭可能是不乾淨的東西，一直沒勇氣打開。那東西放著也是放著，不管它就是了，偏偏阿六這性子禁不住耐，沒兩天就來找我幫忙，想打開那口甕。你們猜怎麼著？」

「咋著？」黑臉趕緊問道。

「我瞪著那口甕上的符紋許久，鼓起勇氣拔開甕口的封泥，裡頭竟然——」秦觀一頓，像是說不下去了。

「咋的咋的？」八字鬍也跟著催促。

「裡頭竟然——竟然是一整甕的金子！黃澄澄的，在陽光下閃閃發亮！」

黑臉和八字鬍抽了口氣。

「原來那塊荒地先前是一戶大戶人家的，他們因煙城之亂，早在黃華年間遷逃至乙燕國去了。在遷逃之前，為避禍先將家裡的金子全都埋到地裡，等要逃跑時再挖出來——想不到，就差這麼一甕忘了挖走。甕上方的符紋則是避邪用的，全是溟文，壓根無關乎詛咒。」

「那些金子呢？」八字鬍趕緊問道，表情擔憂。

「阿六和他爹欣喜若狂，想分一成的金子給我，我拒絕了。後來我便沒再管這事。沒想到前天我經過他們家附近時，卻看見阿六他爹在餵魚。我覺得奇怪，阿六他爹沒事餵溪裡的野魚做什麼？靠近一看，才發現他竟是拿金箔在餵魚！」

八字鬍和黑臉抽了好大一口氣，臉都微微泛白了。「抗不了抗不了，要揚擺張顛也不是咋地啊！白瞎拉倒……」

「我趕緊阻止阿六他爹，卻還是搶救不及，最後只救回了一半的金子。原來是阿六他爹聽信傳言，以為餵魚金箔能讓魚變成金鯉魚，一隻隻打撈上來就是一塊塊沉甸甸的金塊了，會比先前的一甕金子至少多十倍。我只能勸沮喪的阿六他爹將剩下的金箔交給阿六保管，讓阿六想法子拿那些金子做些有意義的事。」

「咋呢？」八字鬍急切地問道。

「然後就如你們方才看到的，阿六帶著滿口袋鼓鼓的金子上街，等著做些有意義的事啊。你們應該去找他談談，阿六肯定很樂意幫忙你們生病的娘親。但既然你們不當他是肥兔，倒也別將這件事放在心上……」

八字鬍向黑臉使了個眼色，轉頭對秦觀乾笑道：「哎，不和你扯皮，俺們想起有把兒要事，先走了。」語畢，兩人急忙衝出巷子，往戴斗笠的人那兒奔去。

兩人的身影消失在巷口，狹巷中只剩秦觀一人。

秦觀雀鷹石般的淺棕色眼眸閃動，勾起嘴角：「阿六是捕快，兩個白癡。」

看樣子阿六肯定得請他吃一客繁蝶樓了，畢竟他讓阿六在便裝出巡、想逮住最近在臨冉作亂的兩名搶匪時，就先讓搶匪送上門去了。阿六腰間鼓鼓的事物從來不會是金子——除非貪汙，捕快的月俸連養豬都不夠——他腰帶上繫的是一柄短配劍與綑人犯用的兩人份繩索。

想到兩名搶匪可能的下場，秦觀笑得眼眸微瞇。斂起笑容後，他甩了甩手中兩只錢袋，勾唇道：「看樣子他們兩人今天的收穫還不小嘛。」秤了秤手中兩個沉甸甸的錢袋，秦觀略為估算後才將兩只錢袋繫在腰間。

「唔，既然無端多了兩筆意外之財——不，應該說三筆……早餐就吃豐盛點好了。吃哪兒好呢？岑蝶樓？金藻樓？木槿堂？赤巳花堂？」秦觀修長白皙的手指摩娑著下頷，好看的淺棕色眼眸微瞇。

「啊，不如琴花翠樓好了。」秦觀一擡手掌，邁開輕快的步伐。「沒錯沒錯，琴花翠樓的煙迴九品……早就想試試了。」邊自言自語，秦觀還不忘再次繫緊腰間四只叮噹響的錢袋——一只是他的，一只是早晨從辮子鬍那兒贏來的，兩只是方才的意外之財——腳下踩著輕快的節奏，嘴裡哼著小曲兒，秦觀往琴花翠樓走去。

†

琴花翠樓是臨冉裡不差的酒樓飯館，雖稱不上數一數二，卻也能排入前十了。

眼前的樓房有著漆成大紅的雕梁鳳柱，兩端上了金漆，屋簷採琉璃瓦鋪頂，上方停著木雕鳳像，鳳像喙子裡還啣著以半透明白玉雕成的琴花。屋簷下方掛著金穗紅燈籠，時間還早並未將燈籠點上，但可想而見夜晚張燈結綵、賓客如水的情景了。

縱然眼前與身邊的盡是些富貴公子哥兒、紈褲子弟或是上流文人雅士，秦觀倒是大方得很，絲毫也不介意自己身上略顯灰撲撲和有幾處小破洞的長袍，也不在意自己隨意用麻繩束起而有些凌亂的頭髮，就這麼大搖大擺逕直走了進去，就差口中沒大唱一闕〈臨江仙〉，簡直比身旁的富貴子弟走得更舒坦。

跨進大門，裡頭的店小二各個都穿得比他華麗：蝶領、白玉腰帶、絲綢束髮。秦觀仍不怎麼在意，隨口喊道：「小二，來份煙迴九品。再隨便上點什麼茶。」

店小二上下瞅了他幾眼，臉上基本禮貌性的笑容都消失了，斜睨著秦觀，僵硬地答道：「要先付帳的。」

秦觀看向身旁，其他客人都是直接被小二請進包廂，甚至連點菜都不用，也沒見哪個人先掏錢袋付帳的。秦觀聳聳肩，問道：「多少？」

「三兩十七錢。」店小二又上下打量了一次秦觀，眉毛挑起的樣子似是在等待秦觀驚愕或困窘的表情。

秦觀卻是笑嘻嘻地解下腰間最輕的那只錢袋扔給店小二，道：「拿去，多的你就掖著吧。」

店小二毫不客氣地拉開錢袋，檢察審視意味濃厚地數了數、秤了秤，這才半信半疑地領著秦觀入座。像是怕秦觀的衣著會敗壞店家門風，店小二不敢讓秦觀坐一樓，而是領到二樓去。

秦觀入座後，店小二扔下一句「請稍等」便下樓去了，一會兒才端上一壺茶來，放在秦觀桌上沒說什麼又下去了。

秦觀坐在靠窗檽的位置，能看見下方街道熙來攘往的人群。左方那桌是一群公子哥兒，一大清早就喝得微醺，怕是從昨天夜半就待在這兒了。

秦觀執起琴花蓋的瓷壺在茶杯裡添滿了茶，茶色很淡，杯中飄起冉冉薄煙。他輕啜了口，皺起眉頭。雖然他要店小二「隨便上點什麼茶」，但沒想到小二竟真的給他上了一壺淡得和白開水一樣沒味兒的茶，甚至還透出點澀味。

皺眉是皺眉，秦觀仍把那杯茶喝完，甚至動手又倒了一杯。

旁邊那桌的公子哥兒注意到秦觀，亦驚愕於秦觀的衣著，在一旁訕笑起來。他們有五人，桌上擺了不下十壺酒，中央還附庸風雅地置了座詩樓。下面兩層的樓中酒已經空了，看是已玩過兩輪，結束了七律和五律，要進入七絕這一輪了。

眼見機會難得，其中一名藍袍公子就藉著登詩樓的機會，盯著秦觀，邊訕笑邊搖頭晃腦起來：「晨光艷艷花茫茫，碩鼠華服登明堂。不知身汙把花踩，終得群棍為送喪。」

吟罷，周遭公子哥一陣歡呼，鼓掌直叫好，還喚他為詩皇，讓藍衣公子哥笑得嘴巴都要咧到耳後了。

罵他是碩鼠，還說他會被亂棍打死？

秦觀挑眉。他將身子轉向那群公子哥兒，背靠著牆，單手支在桌面撐著臉頰，翹起二郎腿，滿不在乎地吟道：「霪雨織山旭輝藏，群猴得亂犬稱皇。何處煙雲滯三載？殘獸伏曦愚猹亡。」

公子哥兒們瞪著秦觀，幾個呆愣愣地似是還未搞清楚秦觀在說什麼，怔怔地「啊？」了聲。

唯有其中一名白衣公子蹙起眉，語調略帶調侃又摻雜了些許惱味地對其他公子哥兒解釋道：「他罵我們是猴子、阿翔是狗，還說我們活不過三年。」

那桌公子哥兒們的臉立即垮了下來，藍衣公子更是面上一陣青一陣白，最後轉為紅色，怕是又氣又尷尬於自己的文采竟輸給一個衣著破爛的市井小民。秦觀不但作了首同韻部的七絕回敬他，說他們只有在煙雨落下時才得現在這般地位，還反罵他們是殘獸、愚猤，讓他的臉面都給丟光了。

秦觀沒再理他，兀自端起茶杯灌下一口澀茶。

「不過是個破爛書生，膽子倒是比腦子大！」藍衣公子氣不過，挽起袖子蹬了起來。

正當他想衝上去找秦觀算帳時，方才為他人解釋詩意的白衣公子伸手制止他的行動，道：「阿翔，等等。」

「怎麼？這般被庶民污辱，你倒是嚥得下氣？」藍衣公子瞪向白衣公子。

白衣公子雙眼微眯，吟道：「群鳳斂羽棲枝桁，碩鼠竄上充螞蝗。張爪齜嚙驅諸羽，不曉雲泥去萬崗。」

藍衣公子聽了樂呵呵地笑了起來，拍手道：「好啊！我們和這窮酸傢伙的確像雲和泥一樣相距了萬座山崗那麼遠，他只有被踩在腳下的份！」

秦觀棕眸微抬，羽般的長睫輕掀，甚至連茶杯都沒放下，就這麼悠悠哉哉地又回敬對方一首：「凡鵲棲枝佯鳳凰，披霞掛露翠華璜。未解春銷韶芳老，繁花落盡雁幾行？」

白衣公子面色微僵，放下酒杯，起身對其他公子哥兒喊道：「走了！我們到繁蝶樓去。這兒不清靜，直有蟲豸在亂嚷。」

其餘公子哥兒也跟著起身。縱然他們不太明白秦觀的詩，見白衣公子的反應也知道是秦觀勝出。其中幾個起身時還順帶將杯中殘餘酒液倒至秦觀跟前的地上，隨口罵了幾句才跟上白衣公子。

至於樓裡其他桌的客人不是醉得可以，就是壓根不想淌這渾水，只有幾個好奇心較強的往秦觀瞥個幾眼，看看到底什麼事兒這麼吵。

藍衣公子最後才起身，拎著酒杯到秦觀面前，兇神惡煞地將酒杯擲向地面，酒杯碎裂聲響結束後，他才鄙夷地對秦觀道：「當咱家清理茅坑的小廝都不配。」

秦觀懶懶地抬眸望他一眼，對他的行徑不慍不火，嘴角甚至還啣著一抹略帶調侃的笑容。

這反應讓藍衣公子更生氣，臉紅脖子粗在原地僵站半晌，發現無話可說後，爆出幾句粗口，轉身下樓跟上其他人的腳步。

在他們走下樓後，秦觀聽見樓梯間傳來店小二鞠躬哈腰的諂媚嗓音。片刻後，他才看見店小二走上樓梯，手中端著一只鎏金華蓋蒸籠。

店小二同樣沒說什麼，在秦觀面前放下蒸籠、醬料與碗筷。瞥見地上的酒液與酒杯碎片，店小二抬起眼眸佯裝沒看見便離開了。

秦觀搓搓手，執起筷子，期待地舔舔唇，掀開蒸籠華蓋。捲捲煙霧升起，待白煙散去後，裡頭九個精緻的半透明皮裹餡的包子呈同心圓狀整齊地環列其中。

「煙迴九品！不愧是煙迴九品。」秦觀讚嘆了聲，欣賞籠中如藝術品般的食物片刻，吸盡飄散出的香氣直到飢腸轆轆，才迫不及待地下箸夾起最中央半透明皮囊裹餡的包子，放到醬料碗裡蘸了蘸，塞入口中。

口中的食物還沒嚼完，秦觀便從鼻腔中感嘆出聲。太美味了！這三兩十七錢花得真是值了。

小心翼翼又感動萬分地嚼完口中的食物後，秦觀才道：「最中央放的是白梅鹿餡啊！白梅不愧是花中最孤傲、立霜雪而不折腰者，方得最中央之正位。」說完，秦觀又滿足地嘆了口氣。

煙迴九品是煙迴地區最為著名的菜餚，以厚瓣琴花中裹著餡料蒸熟的美食。厚瓣琴花蒸熟後，口感類似糯米，非常有嚼勁。配上裡頭多汁又帶花香的餡料，再蘸上繁花碎末、香菜與上等桂花醬油調製成的醬料，好吃得簡直會讓人連舌頭一起吞下去。

秦觀再次夾了一顆半透明包子出來，蘸了醬料送入口中。

還來不及嚼幾下，秦觀又激動地從鼻腔中讚嘆出聲。

嚼完後，像是無法控制胸臆中的激動情緒，秦觀再次感動地自言自語道：「我的老天爺！艷桃雉吶！桃花與野雉雞肉餡完美結合，如同琴瑟、箏簫、鸞鳳，甚至湘君與湘夫人！」

讚嘆完後，秦觀又自顧自地說了起來：「煙迴九品，既為九品，九顆半透明包子內裏的自然是九種不同的餡料。一般為白梅鹿、艷桃雉、巳花鴨、菊華魚、芍藥豬、桂枝鵝、木槿羊、茶花兔、芙蕖雞。某些地區亦將鹿更換為羌……」秦觀頓了頓，蹙眉片刻又道：「不過，果然素梅就該搭上野鹿。鹿斑本就近似白瓣落梅，實乃天作之合。」

秦觀似是被自己的話感動，攢眉搖了搖頭。

正當舉筷插向第三顆半透明包子時，兩名身穿深藍色長袍的男子朝秦觀走去。兩名男子皆有長而柔順的黑髮，其中一名將頭髮鬆鬆束在後腦勺處，另一名則並未束髮。束髮者的深藍色長袍上有金線繡紋，未束髮者則是銀線繡紋。

秦觀舉筷戳包的動作微頓，覺得這兩人衣著甚怪，不是煙迴地區的服裝款式，雖看來華貴卻無蝶領，繡工精緻卻未繡上任何一朵花。煙迴服飾腰間繫以絛帶，右側掛花形玉珮與蝶牌，領通常為蝶領，交領右衽，裾為曲裾，寬袖而無扣。兩人穿的袍服卻較為貼身，上有左衽盤扣，腰繫紳帶，龍形的羊脂白玉玉珮掛於左方。

但秦觀僅僅注意他們不到一秒，注意力便即刻回到食物上。他正努力以目光審視，猜想著箸下之包是什麼餡料的。

唔，從透出半透明裏皮的色澤隱約能看出餡色偏白又帶點微黃碎末，或許是菊華魚？不，不能被視覺所蒙蔽！這種筷下觸感，或許是芙蕖雞……但是，這香味又近似芍藥豬……

「請問閣下是秦觀嗎？」身旁傳來柔和似水的嗓音。

「不不不，果然是菊華魚。」秦觀答道，眉頭深鎖，神色謹慎而認真。

「閣……閣下名為菊華魚？」一旁的嗓音略帶困惑。

秦觀這才回過神，抬頭一看，發現方才兩名衣著怪異的深藍長袍男子竟坐在自己對面。兩名男子膚色皆白皙，柔順的頭髮黑如墨染，身材修長挺拔，雖氣質出眾、眉眼如水，卻絲毫不顯陰柔，貼身長袍隱約能見上半身完美卻又不會顯得過度賁張的細緻肌肉線條。

秦觀愣了愣，這才怔怔地答道：「呃……不，我不是菊華魚，我是秦觀沒錯……兩位有何事？」他可從沒認識過感覺這麼高級的人，該不會是看他衣著太破爛來趕他出飯館的吧？

長袍上繡著金紋的男子露出放心的淡笑，一雙沉金色的眸子微斂，「秦觀閣下，能否同在下走一趟？」

「呃……去哪？」秦觀莫名其妙地反問。現在是如何？要幹架嗎？不會吧，他幹架鐵輸耶。對了，該不會是方才那幾名公子哥兒想了想仍舊氣不過，找人來教訓他了？嗯，看那藍袍公子的個性，的確很有可能這麼做。

不，也有可能是小張……但小張的財力似乎請不起這麼高級的人……那麼阿胡？

王三？林狗？小趙？六錢？韓孫？嗯，夏五倒也有可能，畢竟他前些日子才不小心讓夏五家的豬羞愧自盡，他記恨了許久……糟糕，得罪太多人，搞不清楚到底是哪個來尋仇。

秦觀越想越不妙，頭皮發麻之際不著痕跡地向後挪了點。

一旁的銀眸男子始終並未開口，只是沉著一張臉，精緻的五官繃得緊緊的，銀灰色眸子裡一片冰寒，似是在壓抑什麼。

「在下的主上想見閣下一面。」金眸男子微笑。

「主上？我可不認識什麼主上，若是『煮尚燉雞』倒是吃過幾回。」秦觀蹙起眉，雖覺不妙，可一想見盤中飧又捨不得，便再次舉筷戳向半透明包子，蘸醬塞入口中，嚼了兩下後猛地瞇起眼，感動得熱淚盈眶地說道：「好出！果然東菊花魚！」嘴裡還塞滿食物，說起話來模糊不清，令對面的金眸男子眼中再度掠過一抹困惑。

「那麼……秦觀閣下，您考慮得如何？」金眸男子又問。

「鼠摩？」秦觀口齒不清地抬起頭，一會兒才回過神來，趕緊將口中的食物嚼了嚼嚥下，這才答道：「呃……這個嘛……可否下次再說？我手邊正好有點要事……」

金眸男子露出溫和如水的笑容，修長的手指將一只以銀線繡製的墨色綢緞布團放至桌上。

秦觀心下一驚。怎麼？該不會要給他看一顆風乾的人頭或血淋淋的斷指吧？他嚥了口唾沫，心底開始盤算到底該不該逃跑。

金眸男子優雅地打開墨色綢緞，秦觀則趕緊瞇起眼。

這時，綢緞裡的事物卻令他眼睛一刺。他張開眼，嘴角抽搐地瞪著黑綢布上的事物。

「這是訂金黃金一百兩，若是閣下隨在下去會見主上，另有十倍報酬。」金眸男子微笑將布團推給秦觀，彷彿推過去的只是一盤地瓜。

秦觀呆愣愣地瞪著眼前金光閃閃的事物，嘴角垂涎，手不由自主地抬起，就在快要觸到黃金時才幡然醒悟，一抹口水正色道：「不不不，我要事正好有點手邊……不，我手邊正好有點要事……」眼光不小心又瞥見桌上金光閃閃的惑人事物，秦觀雙眼一跳改看向上方，「果、果然還是……把個月……或兩三年後再說吧。」

突然就祭出黃金一百兩，這事兒果然玄，接下必定惹禍上身。

「閣下心意已決？」金眸男子問道。

「呃……這……果然還是得心意已決比較好啊……」秦觀雙眼瞪著天花板，絲毫不敢瞄向桌上金光閃閃的事物。

似是見秦觀的表情非常不心意已決，金眸男子只好再次問道：「果真心意已決？」

秦觀咬了咬下唇，騙自己墨色綢緞上放的只是一團狗屎，含淚咬牙道：「心意已決啊！」

金眸男子臉上溫和如水的笑容不滅，溫潤的嗓音逸出唇間：「那麼，還請閣下多包涵了。」

秦觀聽出事態不妙，神色一凜趕緊往左閃，正巧閃過一道銀光。一隻長著尖長利爪的手出現在身側。若是他慢個半秒，自己的心臟恐怕已被抓握在那隻利爪中了。

面色蒼白之際，秦觀才發現那隻利爪竟是方才一直未開口的銀眸男子的手。

「小心點，要活捉。」金眸男子對銀眸男子說道，笑容如朝輝般燦爛。

銀眸男子瞥了眼金眸男子，嘖了聲，這才將過長的尖利指甲稍稍收起一些。

啪嚓一聲，秦觀身前的黑檀木桌應聲裂成兩半，秦觀下意識地抄起金子和蒸籠，不讓它們和桌子一同摔落地面。縱然他平時淡泊名利，但金子是無辜的啊！有必要這麼糟蹋這一百兩嗎？

秦觀一手金塊一手蒸籠，驚魂甫定地瞪著地面的黑檀木桌殘骸與一陣木屑粉塵。那壺澀茶與杯子皆隨著桌子一同摔成了碎片。

飯館裡的人都驚呆了，各個瞠目結舌地盯著地上的桌骸，剛從樓梯走上來的店小二也怔得表情扭曲。

尤其是秦觀左後方那桌的兩名老人，筷子上的包子滾落地面，瞠大雙眼，一口白鬍子不知嚇掉幾根。

沒時間讓秦觀驚嚇，銀眸男子已出現在他身旁。

秦觀一驚，發現手上又是金子又是蒸籠根本無法逃跑，趕緊將蒸籠扔到左後方桌上，把兩位老人家嚇得臉都藍了，就怕銀眸男子等會兒不劈桌子改劈他們兩老。

秦觀動身想往樓梯跑，銀眸男子卻已出現在他身前，銳利的指爪就要抓向他脖頸。秦觀趕緊調頭，發現根本沒地方好逃後，深吸一口氣咬牙猛地推開活動窗櫺跳了出去。

在墜落到大街上前，秦觀還不忘回頭對樓梯口嚇到五官揪成一團的店小二大喊：

「小二！煙迴九品給我打包啊啊——」

第二章

黑龍王

第二章：黑龍王

待秦觀醒來後，首先映入眼簾的是一條通體漆黑的龍。龍的鱗片比夜空更黑，有著一雙寒冷冰雪般的黑色眼睛，指爪銳利如勾。

秦觀眨了眨眼，一會兒後才發現那是天花板上的刺繡掛畫。他揉了揉發疼的腦袋，緩緩坐起身。

「醒了？」又是那陣溫和似水的嗓音。

秦觀抬頭，不意外地看見自己對面坐著金眸男子與銀眸男子。兩人並非穿著原先的深藍色長袍，而更換成一襲寬袖、繡工更為精細的袍服。與先前最大的差別是，兩人頭上竟多了一對深色的角，且耳朵拉尖，令秦觀更相信他們不是人類了。

房間寬廣，窗明几淨，桌椅、茶几、窗櫺皆為黑檀木製，局部鏤花鎏金。秦觀正躺在一張黑檀木床上，周圍的簾幕是墨黑的綢緞，上方繡著金色的蟠龍花紋。金眸男子與銀眸男子坐在秦觀對面兩張黑檀木雕花椅上，兩人中間的茶几上放著一只暖玉壺與兩只茶杯。

起身後，秦觀才發現自己身上穿的並非原本的衣服，而是一襲布料柔細的素白長袍，上方以蠶絲般瑩亮的白線繡出朵朵白蓮。秦觀直覺性地摸向腰側，金眸男子這才道：「你的隨身物品在旁邊的炕案上。」

秦觀往旁邊一看，床鋪邊的黑檀木几上果然放著三只錢袋、一只黑綢緞布團，與一支墨棕色烙花笛。見東西都還在，秦觀也放下心來，一雙淺棕色眼眸轉向坐在對面的兩人。

「穿你原本的衣服去見我們主上不得體，已替你換下了。」金眸男子說道。「稍後面見主上時，記得注意言辭。不僅是為了尊榮位份之禮，也是為了你自身的安全。」

話才剛說完，一名身穿淺灰色長袍的童僕走了進來，到金眸男子與銀眸男子跟前畢恭畢敬地說了些什麼，兩人才從雕花木椅上起身，對秦觀道：「好了，過來吧。」

觀察了周遭一遍，秦觀深知逃跑與反抗皆為不智之舉，只會徒增不必要的衝突，只好將隨身物品帶上後，跟上前方三人。

途中他們先是經過一座長廊，又經過一座曲折的室外迴廊，聞著外頭的空氣、看著四周的草木，秦觀更是慶幸自己沒有選擇逃跑。這裡肯定不是臨冉也不是煙迴地區，他連自己是否在原來的世界裡都不確定。

在煙迴，只有琴花這種植物的花朵是半透明的，在這裡卻幾乎每種植物都是半透明的。放眼望去，寬廣的院落無論花草樹木樣樣都像琉璃，雖透徹卻顯得沒有實在感。

這兒的氣候比煙迴地區冷了些，現下是盛春時節，卻感覺像煙迴地區的初秋。

差點被周遭的景緻吸去了注意力，秦觀趕緊加快腳步跟上前方三人。室外迴廊盡頭是一座闊門，比方才入迴廊的那扇門寬闊。秦觀這才確定方才那是偏殿，現下才要進入主殿。門邊站著兩名同樣穿著淺灰色長袍的童僕，垂著眼眸行了禮後，一同將兩扇門扉打開。

映入眼簾的是寬敞的長廊，但色調皆偏墨色，因而看起來沉悶了些。

在長廊上行進的沿途，兩旁都有許多灰袍童僕向他們行禮，幾乎每走五步就能看見一個。到最後一扇門前時，左右兩旁各站了十個童僕，整齊地向他們行禮後，才將大殿的門開啟。

兩扇門開啟後，竟是一片如另一扇門般的黑緞簾幕，上方以金線繡上更加繁華的升龍、降龍圖樣。

金眸男子與銀眸男子揭開簾幕走了進去，原先領路的童僕則退至一旁，在門外候著。

秦觀心裡大約也有了個底，深吸了口氣後，跟著揭開簾幕走了進去。

映入眼簾的是一座寬廣的廳堂，左右各九根墨黑的蟠龍大柱，局部鑲金，天花板上垂掛著些許玄黑薄紗布幔。

而廳堂底端的正中央，也就是秦觀眼前，坐著一位身著黑袍的男子。他有著不同於常人的蒼白皮膚，如墨染的漆黑長髮，與一雙眼尾微勾、瞳色黑中帶灰的眸子。他頭上生著一對墨色的角，更是增添了一股詭譎邪魅的美感。

「陛下，此名人類即為秦觀。」金眸男子和銀眸男子行了個禮後，退至黑袍男子的左右兩側。

聽見兩人對黑袍男子的稱呼，秦觀心口又涼了一下。他總算確定是怎麼回事了。只是沒想到會這麼快，他原以為那是至少一甲子以後的事。

秦觀一人孤伶伶地站在大廳中央，面對著眼前三人。

正當秦觀在腦中思忖對策時，黑袍男子從黑檀木王座上走了下來，到秦觀身前約一步之遙才停下。

秦觀抬起眼，看向湊近自己身前的黑袍男子。近看，黑袍男子的五官更為冷艷俊美，一雙眼眸也像是夜空流轉著碎鑽，冰寒的墨灰色彷彿能勾出秦觀的魂魄。

黑袍男子抬手捏住秦觀的下頷，微微皺起眉，將秦觀的臉捏向左邊又翻向右邊，眼瞳中揉雜著鄙夷與訝異。

片刻後，黑袍男子蹙眉，冰冷如寒鐵的嗓音逸出薄唇：「人類都這樣乾癟嗎？」

「回陛下，是這名人類本身的問題。人類之中亦有許多豐腴癡肥者。」金眸男子道。

乾癟？什麼意思？秦觀莫名其妙地皺起眉，沒想到對方開口第一句話竟是說這個。他的身形的確算清瘦，但沒到乾癟這麼嚴重吧？西城芍藥街的小李才算乾癟，臉頰凹得像女人的纖腰，雙眼則像兩座深潭，整個人像是以一層宣紙般的薄皮裹住那副骨架，風一颺起，感覺比東城小孩的紙鳶還能飛。

黑袍男子又皺眉盯著秦觀片刻，才放開捏著秦觀下頷的手指。「算了，直接切入正題吧。人類，替我解開詛咒。」男子黑中帶灰的眼眸注視著秦觀，令秦觀有種靈魂被揪住的感覺。

秦觀盯著男子片刻，淺棕色眼眸眨了眨，搖搖頭嘆了口氣道：「這個嘛，沒辦法。」

「什麼？」黑袍男子瞇起眼，回頭向身後兩人道：「你們是不是抓錯人了？我就覺得這傢伙看著太乾癟。」

「回陛下，他的確是秦四海的孫子沒錯。」金眸男子答道，「他身上也帶著鳴煙。」

秦觀下意識地撫向腰間墨褐色的烙花笛。

黑袍男子也注意到了，瞇著眼看了一會兒，冰冷的嗓音逸出形狀好看的薄唇：「人類，秦四海的孫子，我再說一次——替我解開詛咒。」

秦觀先是閉起眼，在心中把神佛名號和祖宗牌位全都給唸一遍，詛咒了幾聲自己該死的祖父，才睜開棕色眼眸，定定望向黑袍男子：「即使你說個把萬遍也沒用，沒辦法。」

黑袍男子陰冷地瞇起眼，舉起的右手上已冒出了尖長的指甲與一層灰藍色的寒霧，捏向秦觀的頸項，啟唇道：「人類，你膽子倒不小……」

即使脖頸被寒氣與緊捏的力道憋得難受，秦觀仍扯動嘴唇有點想翻白眼地回道：

「常有人這麼說……」

黑袍男子沒在意秦觀的回話，反而勾起嘴角道：「我無需用力，你的頸骨就會裂成碎片。到時候，你的頭顱會在鄭歸山上，身體則在群獸的胃裡。」

「沒錯，好方法……這樣你的詛咒就永遠解不開了。」秦觀果真翻了翻白眼，但不是因為被捏得快窒息而翻，一點也沒有命在旦夕的模樣。

見威脅無效，黑袍男子嘖了聲，這才將秦觀放下，手上銳利的指甲收起。

重新得到新鮮空氣，秦觀摀著脖子咳了幾聲後，才重新站好。

「人類，我有的是方法讓你生不如死。光是毒藥就有六百種，皆能讓你瀕臨死亡邊緣，卻仍保有說話的能力——嚴刑逼供的上好用具。」黑袍男子嘴角勾起陰冷的微笑，「當然，也能讓你參觀參觀這兒九座拷問室，你偏好拔指甲還是鋼針袍？」

秦觀抬眸掃了他一眼，「如果你那麼做，更可能永遠得不到答案。別忘了，我可是秦四海的孫子，有的是方法能讓自己在嚴刑拷打中毫無痛苦地死去。」

黑袍男子瞇起眼，雙眼中凝結著冰霜。

「當然，我可沒興致和你同歸於盡。」秦觀攤手，「我雖說沒法替你解開詛咒，也是『現下』沒辦法。我爺爺花那麼大的心力封印你，我這做孫子的一時半刻又怎麼可能解開？這事兒本身就不容易，需要時間也是自然的。」

黑袍男子黑眸中銀光流轉，瞪著秦觀片刻後，才道：「需要多久？」

「這種事急不來，短則一年，長則十數年也有可能。」秦觀聳聳肩，「反正你是龍族，有的是時間耗。」

黑袍男子修長蒼白的手指摩娑著下頷，暗忖片刻後道：「好。」在秦觀暗自鬆了口氣後，男子卻又補充道：「但你不能離開這裡。有秦四海的血統，要再找到你肯定又得費二十年的工夫。」

「要我待在這裡？」秦觀有些無奈地反問。雖然這樣的結果比他想像得好，但一直待在這兒他要如何吃到琴花翠樓的煙迴九品？九品裡他還只嚐到其中三品而已啊！

「需要什麼解咒的用具或材料就列張清單，自會有人替你備上。」黑袍男子道。

「琴花翠樓的煙迴九品。」秦觀立即道。

「煙迴九品？那是什麼東西？仙藥嗎？」黑袍男子蹙眉，似是訝異於竟有自己沒聽說過的藥種。

「回陛下，煙迴九品是人類煙迴地區的食物，以厚瓣琴花裹餡蒸熟而成。」金眸男子解釋道。

「解開詛咒需要那種東西？」男子皺眉問秦觀。

「當然，這是非常重要的一個環節。而且，必須要是剛出爐、熱騰騰的煙迴九品才行，還必須附醬料。」秦觀嚴肅地點點頭。

黑袍男子微微抬起右手。

後方的金眸男子立即行了個禮，恭敬道：「是，立即張羅。」語畢，再次行了禮後走出了門外。

秦觀喜出望外，必須極力克制自己的顏面神經才不會不小心笑得露餡了。沒想到被黑龍王抓住倒也有好處，今後他或許能吃遍大江南北所有美食還不用費一毛錢。說的也是，隨便就祭出一百兩黃金，區區幾道或幾百道美食對他們來說算什麼？這麼一想，秦觀也心安理得起來。

反正住這兒也沒什麼不好，他在外頭本就沒什麼牽掛，照理說在哪兒都是一樣的。這裡不但繁華又有美食可吃，除了寄人籬下和被軟禁這點令人有些不滿外，看是應當沒什麼缺處。只要黑龍王的詛咒一天沒解開，他就多了一天的籌碼。

況且只要耐心等待機會，他也不怕逃不出這兒，就先在這裡揮霍過癮就拍拍屁股走人倒也令人快意。既然黑龍王霜玄是爺爺費盡千辛萬苦才封印了九成力量的邪魔，秦觀自是壓根不打算替他解咒，況且若是替他解了咒，秦觀自己也活不成了。

在秦觀想通後，黑袍男子卻又道：「這樣說來，在你這人類解開詛咒之前，我只能乾等？」他蹙起眉，語調中透出些許不耐。

「不，並非如此。」秦觀趕緊道。蹙眉暗忖片刻後，他抬頭問道：「這兒有紙筆嗎？」

黑袍男子僅僅一揮手，外頭便走來一名童僕，也不知道是如何看見他們陛下的指令。

「拿文房四寶和寫字檯來。」男子看也沒看童僕一眼，冷冷說完後，童僕恭敬地行了禮退出大殿。

不到半分鐘時間，幾名童僕便將一張寫字檯和文房四寶全給備上了。

黑袍男子留下一名童僕替秦觀磨墨，秦觀挽袖，提起狼毫筆蘸了墨後，在上等綢紙上寫下四行字：

盡而後生，
實而後虛，
盛而後衰，
暑而後寒。

寫罷，秦觀放下筆，將手中的紙交給黑袍男子。男子接下，看完上方墨漬還未乾的四行字後，蹙起眉。

「必須解開這則謎題，而且是由你親自解開。」秦觀道。

黑袍男子收起紙張，對身後的銀眸男子道：「讓他在龍王殿裡住下。」

銀眸男子愣了愣，蹙眉道：「陛下，偏殿有許多空房。」

這是秦觀第一次聽見銀眸男子的嗓音，和他想像的一樣冰冷，彷彿聽著也能令人凍結。

「我必須親自盯著他。」黑袍男子淡淡瞥向銀眸男子，「我可不希望秦四海的事重演。」

「……是。」面色僵硬地行了禮後，銀眸男子的表情恢復以往的冰冷，退出大殿張羅去了。

†

到了陌生地方，秦觀倒不怎麼生疏，給童僕領進去後便東西一扔，隨意在屋內溜彎兒翻看起來。

秦觀入住的是墨玉軒，龍王殿最西邊的宅子。墨玉軒先前是讓親信來訪時住的，但黑龍王沒什麼親信，這墨玉軒空擺著也百年以上了。所幸這兒童僕人手充足，十天半月就會有人來打掃整飭一回，墨玉軒前半透明的繁花綻放，石板道上也沒有雜草落葉。

除了住所與膳食，黑龍王另給秦觀點了個童僕作為小廝。

這名童僕有著墨黑柔亮的髮絲，在肩膀處整齊截斷，和其他童僕留著同樣的髮型、穿著差不多的淺灰色衣袍。他的皮膚若凝脂般白皙，臉上鑲著一對天藍琉璃珠般的眼眸，唇紅齒白，容貌實人間少有。

但秦觀也看慣了，這座皇宮裡別說其貌不揚的人了，就連長相普通的人都見不著幾個，下至童僕婢女上至黑龍王本人，各個都是美人胚子。果然精怪鬼神不同於凡人，看樣子是因為外表越為出色越容易騙取人類精氣。秦觀暗自評斷。

那名藍眼童僕沒跟著秦觀進墨玉軒，反而表情冷淡地站在門外，似是絲毫不想與他共處一室。

秦觀研究完桌案上的筆墨硯台，翻閱完一旁書架上的書冊古卷，端詳小櫃裡一盞製成小屋宇般的燈籠，看看內室裡的桂花木床鋪，打開所有木匣銅匣鏡匣金匣一遍，把所有能碰的不能碰的全都碰過一輪後，秦觀總算消停了會兒，拖了張雕花木椅到門邊歇著。

藍眼童僕瞅了他一眼，沒作聲，繼續盯著外頭，彷彿那些半透明的花花草草很吸引眼球。

「看你年歲輕，進宮多少年了？」秦觀盯著他笑問。

藍眼童僕瞥了他一眼，眉頭微皺，像是不想回話，卻又因良好的教養而勉強回了句：「……過兩個月就滿一百零三年了。」

秦觀差點被一口氣噎著，搗著胸口暗自掮摽兩下，才道：「那……還真是資歷不淺啊。」

童僕蹙眉，微微向後瞟了他一眼，才又用那玉罄般清脆潤澤的嗓音道：「陛下身邊兩個童僕才算資歷不淺，他們入宮都五百三十多年了。」

秦觀疑惑地反問：「你說那金眼的和銀眼的？」

「什麼？當然不是指金鷲大人和銀寒大人，他們貴為左右丞相，怎麼可能是童僕？」藍眼童僕有些激動地轉過身來，頭一次正面對秦觀。說完才反應過來自身失儀，困窘地轉身回去，繼續瞪著庭院中的琉璃花草。

「喔，他們是左右丞相啊。」秦觀笑嘻嘻地望著他，不怎麼在意藍眼童僕的踰矩。「對了，你也是龍嗎？」秦觀好奇地問。

「當然不是！這座宮裡只有陛下、金鷲大人與銀寒大人才貴為龍族……」他頓了頓，試著讓語氣回復成平時的冷靜自持，「小的和其他童僕都是露妖，婢女則為花妖。」

「喔……」秦觀頷首。難怪只有龍王和金眸銀眸三人頭上有角，這藍眼童僕頭上卻沒有。「所以這兒只有我一個人類？」

「人類濁氣重，易擾亂天氣地氣，自然不被允許接近這裡，何況是入住皇宮。」童僕瞅了秦觀一眼，指涉意味濃厚。

秦觀滿不在乎地笑了笑，又道：「對了，還不知道你的名字。我姓秦名觀，字號未取，繁煙國繁城繁衡柳鄉人，你呢？」

沉默了許久，藍眼童僕才有些不甘願地啟唇：「……霞露。」

「霞露？真好聽的名字。彩霞凝露鳳翩羽，金旭洗山龍鑴天。」秦觀稱讚道。

藍眼童僕回頭望向秦觀，心中詫異這人類不似自己以為的是鄉下莽夫、目不識丁的鄙夫，反而能隨口吟出秦真之的詩句，如雨中摘露那般容易。

沉默了片刻後，他才答道：「沒什麼好驚訝的，我們露妖都起這個名字。」

秦觀愣了愣，疑惑道：「你們全都用琴荒的詩句來取名？」

「不，我們的名字都是『霞露』。」藍眼童僕道，「一般會在及笄時另取一主名，但我們全都是在那之前入宮的，便沒取主名只用從名。」說完後，藍眼童僕皺了皺眉，似乎有點後悔在人類面前說這麼多族裡的事。

「那……該如何分辨別人喊的是你還是同族？」秦觀蹙眉道。難不成要從霞露一喊到霞露一百？還是從霞露甲子喊到霞露癸亥？

「……這裡沒人會喊我們的名字。」他垂下眼，嘴角微僵，似是不想再繼續這個話題。

秦觀收起玩笑表情，暗忖片刻後道：「這可不行。我習慣喊人名字，萬一我在這兒喊你名字卻有一百多個小廝一齊奔過來可怎麼辦？」他皺起眉作苦惱狀，「不如這般，我給你起個號兒，叫著也好辨認。」

「號兒？」藍眼童僕回頭，臉上雖盡力維持冷峻嚴肅，卻不禁流露出一些符合外表年齡的童稚。

「沒錯，像是字號那般，你若聽著不順耳性也能再取。」秦觀從雕花椅上起身，在童僕身邊左踱右踅繞了幾輪，弄得童僕也跟著緊張起來，臉上的嚴肅消失，水潤的雙眼焦慮又帶點期待地隨著秦觀的步履移動。

「你雙眼藍如青碧玉，又透似琉璃，想必在露妖間亦是難得。」秦觀沉吟，「不如……就叫小藍吧。」秦觀笑道。

原以為藍眼童僕必定會反駁這種名字太普通隨便，沒想到他卻反覆咀嚼著「小藍」二字，稚氣未脫的臉上透出些許興奮，似是非常滿意這個名字，令秦觀一愣。

第三章

墨玉軒

第三章：墨玉軒

將秦四海的孫子囚在這兒好些天，在黑龍軒裡蹙眉苦思秦觀出的謎題的黑龍王霜玄，總算伸出蒼白修長的手捻熄了寒燈，收好桌上寫著謎題的綢紙，起身走出黑龍軒，打算到外頭透透氣，說不準走一走就會有解謎的靈感。

黑龍軒外兩名身穿暗灰色袍服的童僕躬身行禮，「陛下，時間還早，是否先用早膳？」

「送到墨玉軒去。」霜玄在童僕服侍下披上墨狼皮氅，動身前往墨玉軒。好些天了，他也該去監視一下那名人類，看看他是否真有在用心解咒。

天麻麻亮，山邊一片羊奶白，碎雲與將升的旭日讓天空看來像一碗高粱麵稀粥。這樣薄弱的天光讓霜玄原先就白皙的皮膚看起來更加蒼白，在一頭如墨染的黑髮襯托下更是無一絲血氣。

到了墨玉軒前，霜玄卻停下了腳步。盯著墨玉軒的院落，黑龍王不禁開始懷疑自己的記性與眼力。

原先墨玉軒的院內應有琉璃茯苓、水華菡、霜煙月季與露茶梨：左右修長的琉璃茯苓如圍籬一般包圍著院落，中央是環狀排列的水華菡、霜煙月季與露茶梨。以往鳳族使節假借談和之名想摸清這裡地形時，見到這座院落也會不禁發自內心讚嘆它的雅致與風流。

然而現下，出現在霜玄眼前的卻是一整片荒土。幾節琉璃茯苓的殘枝敗葉露在土壤外，種著水華菡、霜煙月季與露茶梨的地方只剩幾抹赤條條的土堆，土堆上竟還有幾株綠毛蟲糞般癱軟枯萎的雜草。

眼前荒煙漫草的景像令霜玄怔忡，不禁問身後童僕道：「那人類住這兒幾年了？」該不會他解謎題解得太入神，感覺才過數日，其實時間一晃眼已是一年十年百年？

「回陛下，四日有餘。」身後的童僕恭敬地答道。

霜玄沉默半晌，指著前方一片荒蕪，又道：「有幾隻墟碌來這兒作怪？」

「回陛下，您福澤萬世，並未有墟碌妄膽蟄伏於宮。」

再度沉默半晌，即使百般不願，霜玄終究開始懷疑自己的記性：「這兒是墨玉軒？」

「陛下聖明。」

霜玄在原地矗立片刻，終於舉步踏上連石板道都消失的荒土上。到了墨玉軒門前時，藍眼童僕出現在門邊，行禮道：「陛下萬安。」

「秦四海的孫子呢？」霜玄道。

「回陛下，在裡頭歇著。」小藍垂眸道。

霜玄也不等後方的童僕上前替他拉簾，逕直揮開簾幕走了進去。一路到了內室臥榻前，瞪著眼前被褥掀了一半、雙唇微啟、睡相頗差的秦觀，霜玄停下腳步，站在榻邊冷聲道：「人類。」

秦觀張著嘴，打了個呼嚕，睡得正香。

「人類。」偉大的黑龍王又喚了一次。

秦觀夢囈咕噥幾聲，抓抓平坦的小腹翻個身繼續睡。

偉大的黑龍王深吸了口氣，壓下胸中氣燄，加大音量喚道：「人、類！」

秦觀哈啾一聲打了個噴嚏，抹抹鼻子拉緊被褥，片刻後便發出鼾聲。

偉大的黑龍王終於眼角一抽，忍無可忍地以所有生靈聽聞都會顫抖的龍吼吼道：「給我起來！秦四海的孫子！」

龍吼是為天地之聲，聞之就連大地星辰亦會震顫。屋樑被吼聲震得顫抖，塵埃如雪片般落下，後方的小藍嚇得蹲身抱頭渾身發顫，霜玄兩名貼身童僕雖早有見識，卻也怔得面色發白，雙手微微顫抖。

十畝內的鳥雀皆驚飛，正在天空飛翔的則是翅膀一顫向下摔個狗啃泥。整座宮殿一時闃靜無聲，原先正忙和著做早膳與端早膳的童僕女婢御膳房小廝等，皆停下了手中的動作，無一人敢發聲或移動。

引發龍吼的始作俑者在床上翻了個滾，懶懶地撐起身子，睡眼惺忪地打了個呵欠，搔搔頭，茫然地看了看四周，一副還未清醒的樣子。

「人類！」黑龍王額間隱現青筋，周身散發出霧色冰寒之氣，手上指爪伸長，想必若不是要秦觀來解咒，他堂堂黑龍王肯定會一爪崩了他。

秦觀看向黑龍王的方向，只覺得看見黑黑白白模糊一片，迷濛的雙眼眨巴幾下後才有了焦距，打了個呵欠搔搔頭道：「唷，一大早的生什麼氣啊？」秦觀又打了個呵欠，伸出手指抹去眼角擠出的淚水，「肝火過旺？嗯，得多吃些黃蓮。」

偉大的黑龍王深深吸了口氣，左手抓著顫抖而利爪賁張的右手，壓下想一爪崩了眼前人類的衝動，咬牙道：「生什麼氣？你問我生什麼氣？」

秦觀呆了呆，看向霜玄的臉。

「一大清早讓我這人界魔界霸主、天地妖皇親自來叫醒你，你問我生什麼氣？」霜玄蒼白的臉頰上甚至冒出了些許龍鱗。

秦觀瞠大眼睛，搔搔臉，莫名其妙地問：「那你幹嘛來叫醒我？」

霜玄呼吸一窒，勉強壓下周身殺意，利爪還未收起的修長手指指向外頭，「院落是怎麼回事？」

「什麼怎麼回事？」秦觀蹙眉反問。

「那些花草呢？」

「花草？」秦觀還未搞清楚狀況。

「那些琉璃茯苓、水華菡、霜煙月季與露茶梨！」霜玄吼道，整座皇宮又是一陣震顫，原先好不容易開始活動的童僕婢女再次嚇得一縮不敢動彈，摔得狗啃泥後振作爬起的鳥群再次摔個狗啃泥。

秦觀摀住發疼的耳朵，甕生甕氣道：「哎唷，說話就說話，沒事兒這麼大聲做啥？」一會兒才放下手，總算睡意全消神智清醒，「喔，你說那些花花草草喔？」

秦觀跳下床，套了件素白外袍，邊往外頭走去邊道：「你來得正好，快來瞅瞅。」

偉大的黑龍王即使腦袋的血管快爆炸，牙齒快咬碎，仍然緊咬牙根收回利爪，吞回滿腹焚燒的氣燄，站在原地深呼吸了一次，額上跳著青筋，跟著走了出去。

秦觀邊走邊扣好素白外袍的繩扣，攏好衣領後站在晨曦微光中伸了個懶腰，吐出一口白霧。

「這兒真夠冷的。」秦觀打了個哆嗦。晨間空氣本就微涼，這兒氣候又似煙迴地區的初秋，濕氣也重，令秦觀打了個噴嚏。

小藍從房內拎出一件雪白的皮裘，領邊縫了一圈雪狐毛，布面花紋同樣是白線繡的，整件不見一絲雜色。

秦觀將小藍拿來的皮裘穿上，邊扣扣子邊咕噥道：「這兒的衣服怎麼都白成這樣？這顏色單薄得跟喪服似的。」

「黑色為貴，你這人類當然只配穿白色。」霜玄跨過門檻走出屋外，冷哼一聲說道。

秦觀「哦」了聲，架起手瞅了瞅身上衣服，道：「怪不當怪不當，總給俺一些白汪汪的皮子。情好，白和爺兒也相應。」秦觀興致一來，操起一口徜北西部、漠下一帶的方言。

霜玄皺起眉，看向與方言一點兒也不相襯的秦觀，「你這人類不是繁衡人？怎麼一口北方土話。」

秦觀五官雅緻，一雙杏眼不知該說書卷味兒還是水靈，雖然態度總不修邊幅，舉步揚手間卻又透出儒雅。這樣細緻的繁衡長相實在與那口豪邁方言不搭。

秦觀嘖嘖了兩聲，挑眉道：「俺曾娘是漠下人，這點雞蹺腳兒俺咋地不會？」

見秦觀那副非常違和的模樣，霜玄又皺起了眉，一肚子氣餒一時要發作也發不出來了，只得道：「人類，快解釋這裡是怎麼回事。」霜玄指著面前一片狼藉。

「嘿唷，你這氣甕子，且聽俺和你道。」秦觀似是覺得黑龍王皺眉頭的樣子非常有趣，就用這沒說過幾次的方言繼續扯了下去：「你瞅瞅，這兒是白菜嫩子，那兒是苦瓜，中央這片是厚瓣苓花兒，那兒一片是山藥莖兒和綠蘿蔔。」

「……綠蘿蔔？」霜玄一時沒反應過來，微怔地反問了句。

「喝唷！你這氣甕子不明白？綠蘿蔔可好嘬啦，是俺們漠下的菜兒。不必煮炒，生嘬可甘美吶！咬起來嘎嘣脆嘎嘣脆。」秦觀又嘖嘖了聲。

霜玄沉默了半晌，才一字一句清楚地道：「你在龍王殿裡種菜？」

似是膩了，秦觀總算換回原本清亮順耳的口音：「不只菜，有厚瓣琴花呢。」

「……厚瓣琴花也是蒸來吃的。」偉大的黑龍王深吸了口氣，咬牙道：「你在龍王殿裡種菜？」

秦觀聳肩，半是鄙夷地道：「你之前那些花草能拿來吃嗎？」

「當然不能，霜煙月季劇毒，妖也不能碰。」

「那就是啦，不能吃的菜種在這兒做啥？」秦觀理所當然地回道。

霜玄一口氣噎著差點沒給氣岔，對方絲毫不羞愧悔改的神色令他一時也無話可回，因秦觀此等焚琴煮鶴之舉腦中的血管不知給炸掉幾根。

片刻後，霜玄才找回了自己的聲音：「……就因為這樣，你這人類把園子裡的花都給鏟了埋了？」

秦觀瞟他一眼，「當然，在我房前種滿毒物，我不小心吃了給毒死怎麼辦？你的詛咒也不用解了。」

「那你就別吃呀！」偉大的黑龍王一口氣順不上來，扶著額道，「那些花好好種在那裡，你去吃個什麼勁兒？」

秦觀搖頭道：「這你就不懂了。月下獨酌，拈花幾瓣來吃甚是雅興。」

「雅興？把靈花全鏟掉埋了當肥料，在群魔嚮之又懼之的龍王殿裡種菜，你還談雅興？」偉大的黑龍王蒼白邪魅的臉微微抽搐，身側銳利指爪賁張，周身霧狀寒氣蒸騰：「你可知本王現下非常有這雅興把你給崩了？」

†

給秦觀氣飽一頓後，霜玄將好不容易送到墨玉軒的早膳再差人送回黑龍軒，隨意飲幾口杏花酥、吃幾口春露粉便罷。

用完早膳，霜玄再次將綢紙攤在桌案上，蹙眉思索謎題的解答。

揉了揉太陽穴，為再釐清一次思緒，霜玄將謎題仔細重讀了一遍：盡而後生，實而後虛，盛而後衰，暑而後寒。

單就「盡而後生」，霜玄會猜是歷盡風霜而生的「春日」、突破枯枝而抽的「新芽」，或是繁花落盡方得誕生的「果實」。

但就「實而後虛」，又像湖上之霧、漠中沙塵，以及水面之月。

而「盛而後衰」，則像綻放至極盛時便開始凋謝的花朵，或是終會落盡的繁華，以及盛後必衰的時日。

最後的「暑而後寒」，看似最為簡單，實則最為困難。暑而後寒者眾多，從夏、時序、生命、正午等等，甚至一壺茶都能是答案。

而要將這四句整合在一起找出答案，更是如霧裡尋雲、雲裡尋霧。

這謎題果然詭詐，同秦四海一般。

霜玄眼中閃過一絲寒芒，注視墨玉軒的方向片刻，才將視線拉回桌案上。

正要提筆在另一張空白紙上寫下可能的答案與猜測時，一名銅眼童僕卻進來稟告：「陛下，金鷙大人求見。」

霜玄放下筆，微微嘆了口氣，揉了揉緊皺的眉頭，回道：「傳。」

「陛下萬安。」童僕出去後，金眸男子走了進來。他身上穿著和先前差不多的繡金暗藍色長袍，左肩卻多了一只半胸甲，以沉金色金屬為底、鑽粉般的墨藍色寶石為飾，魚鱗狀甲片編成，最上排共六片，下四排甲片則有八片。他柔順的黑髮此時已整齊地束在腦後，不似之前鬆散，令他溫文儒雅的笑容多了些凜然。

「陛下，煙城再次於繁城起事，繁煙國主已下令出兵十萬鎮壓。」溫和的嗓音逸出金鷙唇間。

霜玄微微瞇起眼，修長蒼白的手指摩娑著下頷，墨灰色瞳仁中思緒流轉。沉吟片刻後，才道：「白鵷鸞的動向?」

「白鳳一派似是打算趁人類動亂期間，藉機欺上繁城的領域。」金鷙長睫微斂，半掩一雙金色瞳眸。「目前已知白鵷鸞手下的鴆鳥、青鴍、鷖鳥、重明鳥、睢鳩、赤鷩、鴖、蠱渠，與欽丕數妖開始於繁城、煙城的交界處活動，看是人類的戰事一旦爆發，就會越過交界。」

霜玄沉吟，腦中思慮轉了數回，才道：「先按兵不動。」

「是。」行完禮後，金鶩退出了龍王殿。

霜玄重新執起狼毫筆，瞪著眼前的謎題不語。

若說煙迴地區商界兩大巨頭為徐笑生與巳寰，武林雙雄為夜梟與兔四爺，藝中翹楚為燕雨與曇綃，玄術蝶主為青蚺與丹狐，統領妖界的霸主便是黑龍與白鵷鸞。

黑龍一族至五十年前，即霜玄即位時達到全盛，勢力終於壓過白鳳一族，成為萬妖之首。但力量過於強大的黑龍王開始出手人界，間接影響繁煙國在黃華年間爆發第一次煙城之亂。

世間一時群魔亂舞，仗著黑龍王的氣燄眾妖百出，人間一片生靈塗炭。黑龍王過於囂狂——人界終有一名當代的玄術蝶主出手制止，畢竟是黑龍王先打破人妖兩界互不侵犯的不成文規約。玄術蝶主下了詛咒，封印黑龍王霜玄九成之力，方才穩定了持續將近五年的禍亂。那人便是秦觀的祖父，秦四海。

黑龍的勢力削弱，終至再度與白鳳持平，世間萬物方得制衡。被封印九成力量的黑龍王自然不服，多次欲找出秦四海威逼他解開詛咒，尋了五十年，至今只找到秦四海的孫子。

霜玄墨灰色眼眸中透出一絲冰寒，睨往墨玉軒的方向。

既是秦四海的孫子，必定承襲了秦四海的玄術與狡詐。現下秦觀卻乖乖被他軟禁於宮，其中必定有詐。秦四海死守五十年也要保住的詛咒，不可能這麼輕輕鬆鬆就讓其栽在孫子手裡。

†

「拿來了？」秦觀瞇起雙眼，壓低嗓音。

「是的，金鷙大人在外頭候著。」小藍垂眸，雙手交疊於身前。

「完美，這樣一切都齊全了。」秦觀勾起嘴角，放下手中寫到一半的詞句，起身走出屋外。

室外春光和煦，天空湛藍如洗無一絲雜垢。原先看似荒蕪的院落，整片光禿的土壤現下已冒出點點綠芽，抽芽快些的也有拳頭那麼大一叢了。

秦觀一撩素白長袍下擺，跨出門檻，身形在陽光照耀下顯得單薄，配上一襲白袍更是多了飄然之感。

「果然送來了。」秦觀看著眼前的金鷙，嘴角彎起的弧度透出滿意。

「秦觀閣下。」金鷙微笑，微一抬手，身後幾名童僕便將蓋了布的板車推來。「不知是否合閣下的意，還請秦觀閣下清點。」

秦觀趕緊走上前去，掀開板車上的綢布，瞠大雙眼喊道：「合意！合意！毛色柔亮健康，雙眼雪亮有神，指爪有力不曲，再合意不過了！」

金鷥微微一笑，比春陽更和煦的嗓音逸出唇間：「既然如此，五隻活母雞確定送達。」語音方落，後方幾名童僕便將板車上的金籠搬至地面，行了禮後推著板車下去了。

秦觀仆在金籠邊睜著水潤有神的棕色大眼，興奮地盯著在籠裡歡蹦亂跳的五隻母雞，邊喃喃自語：「天！我瞅瞅，這兒有隻純白的呢！喝，還有隻茶色的！那兒那隻怎麼好像在哭？哎呀，這隻倒是站在那哭泣的身旁，神情恬淡像個沒事人兒。唷，這隻最特別，雄赳赳氣昂昂，頗有鳳儀天下之姿。」秦觀嘖嘖了幾聲，興奮得想直接將金籠打開。

「可否請教秦觀閣下一事？」金鷥一雙金色眸子溫和如水，靜靜瞅著秦觀。

「什麼？」秦觀這才勉強將視線從雞群身上拔開，有點心不在焉地看著金鷥。

「秦觀閣下要這群活母雞所為何用？」

「這……」秦觀回神，神情一凜，嚴肅地道：「自然是為解咒之用。」

「也是，在下多言了。」金鷥只是笑了笑，也不繼續追究下去，轉身離開。

等金鷥離開後，秦觀才撤下嚴肅的神情，一臉興奮地轉頭問道：「小藍！前兒個那些竹竿呢？」

「在屋後呢。」小藍也跟著蹲在大金籠邊，水藍色的眼眸閃閃發亮，瞪著眼前五隻他從沒見過的物種發愣。「小主，這些是要做什麼用的？」

「母雞？可以用來替我的菜苗除蟲，也能每天有蛋吃啦！」秦觀用近乎歡呼的語調說道，「快、快，我們趕快把竹籬搭起，這樣就能放這些母雞出來了！」秦觀往屋後飛奔，身後揚起一道煙塵。

一聽見能將這些新奇的矮小有翅短喙物種放出金籠，小藍立即將自己拔離金籠旁，趕緊跟著向屋後奔去。

忙和了將近兩個時辰，對那些竹竿又是劈又是綁又是搭的，秦觀和小藍總算在墨玉軒周遭搭好一弧竹籬，正巧環住所有被翻過土種過菜的地方以及整座墨玉軒，墨玉軒正前方處還設了座小竹門。

時間已過正午，太陽往西方的天空滑去，秦觀和小藍氣喘吁吁地揮去臉上汗水與塵土，快步圍到金籠邊。

「小主，要放了嗎？」小藍睜著透藍的大眼，眼睛亮得活像收了整片星辰。在搭竹籬時，都只能看著那些矮小有翅短喙物種在籠裡蹦跳，碰都不能碰一下，在那兒乾聽牠們咕咕叫，他早就聽得憋不及了。

「好，放吧！」秦觀也早就等不下去了，兩人在金籠的鎖前擺弄了好一陣，才將鎖打開。

秦觀和小藍對視一眼，非常有默契地在同一時間將籠門開啟。

眼見終於不必待在狹小空間裡，五隻母雞咕咕著撲騰翅膀竄出籠子，開心地環顧四周，不時啄兩下地面、拍幾下翅膀，用那雙短腿四處探險。

小藍像是想衝上去研究那些母雞，卻又覺得有失儀態，只能杵在原地不斷偷覷秦觀。

注意到小藍饑渴的視線，秦觀道：「去吧，別吃了牠們就好。」語畢，秦觀自個兒也蹲在地上，興致勃勃地盯著散布在竹籬內四周的母雞。

小藍無聲而狂喜地歡呼了聲，直衝往他最中意的那隻茶色母雞身旁，瞪著好奇的藍色大眼，將茶色母雞盯得渾身不自在，蹬著小爪子向後移了幾步。

茶色母雞以為安全了，又低下頭開始啄食地面翻土找蟲，沒想到一抬頭卻驚覺這藍眼小孩又移動到牠身前，用那雙圓溜溜的藍色大眼緊盯著牠不放。茶色母雞咕咕了兩聲，撲騰了幾下翅膀想將這個怪人嚇走，小藍卻興奮地瞪大了眼，咧開嘴，只差沒拍手叫好了。

眼見威嚇無效，茶色母雞也只能摸摸鼻子，自顧自地繼續啄地面，用那漂亮的深茶色尾羽對著小藍。

小藍再次移到牠身前，茶色母雞斜眼睨了睨小藍，也不再睬他，就著麼任小藍繼續瞅著，將小藍視為無物。

被母雞忽視的小藍倒也樂得開心，和茶色母雞玩起「你看不見我我偏要讓你看」

的遊戲。

秦觀這兒也沒閒著，他嚴肅地蹲在地上，將五隻母雞來回數了三四遍，一邊沉吟著摩娑下頷，考慮該將五隻母雞取為什麼名字。

第四章

雞

第四章：雞

第二天早晨，秦觀破天荒地早起，呵欠連連地爬下床，隨便披上絨皮裘走出屋外。站在晨光下，秦觀搔了搔睡得凌亂的頭髮，睜著惺忪的睡眼伸了幾個懶腰，吐出一口晨間微涼的霧氣，心滿意足地盯著眼前的傑作。

親手搭的圍籬，親手種的菜，昨兒個送來的母雞，世上沒有比這更愜意的生活了。想至此，秦觀感動地嘆了口氣，開心地數著院子裡已開始早起吃蟲的母雞，看看有沒有哪隻走丟。

一隻、兩隻、三隻、四隻、五隻……秦觀在心中默數，確定數量沒錯後，這才滿意地走回屋內，打算等小藍起來後問問他把從御膳房那兒要來的一桶穀粒丟哪了。

走回屋內，秦觀看見小藍滴著口水睡在臥椅上，懷中還抱著他那隻異常鍾愛的茶色母雞。看著小藍安詳的睡臉，與小藍懷中母雞悲憤的神色，秦觀微笑。正打算替小藍拿條毯子來蓋，秦觀卻突然覺得詭異，但一時也說不上來是那兒詭異。

呆呆瞪著小藍半晌後，秦觀才突然發現，如果小藍懷中一直抱著那隻茶色母雞，那麼外頭應該有四隻母雞才是。

秦觀跑出屋外，身出食指再次欽點了母雞群一回：一隻、兩隻、三隻、四隻、五隻。

秦觀皺眉，表情困惑，又再伸手數了一回：一隻、兩隻、三隻、四隻、五隻。

約莫數了不下十回，秦觀終於相信了自己的視覺，懷疑起自己的理性。

邊搔頭揉眼睛邊走回屋內，秦觀伸手搖醒小藍，問道：「小藍，昨兒個送來的母雞是幾隻？」

小藍睡眼惺忪地爬起，抱著懷中仍然神情悲憤的茶色母雞，搔搔頭道：「咦？小主，您醒了？今兒個還真早……」一會兒才反應過來秦觀問的問題，答道：「母雞……五隻不是嗎？」

秦觀沉著一張臉，面色嚴肅。察覺事態有異，小藍立即清醒了，抱著手中茶色母雞的力道也緊了一分。

「如何？少了一隻？」小藍慌張地問。該不會是被宮中哪個貪嘴的小廝偷抓了烤來吃了吧？

秦觀沉重地搖了搖頭，讓小藍一同到屋外數一回。

小藍數完，疑惑道：「五隻沒錯啊。」

秦觀指向小藍懷中的茶色母雞，小藍這才醒悟自己手上這隻心愛的母雞竟沒被數到，心疼地拍了拍母雞茶色漂亮的羽翼以示道歉，這才更正道：「六隻，是六隻，我沒忘了妳。」

說完後，小藍也終於察覺不對了，困惑地道：「咦？六隻？怎麼多了一隻？」

「果然是多了一隻吧？」秦觀這才鬆了口氣，終於能不用在自己的視覺與記性間拔河。

兩人站在門前，瞪著眼前雞群抓耳撓腮了好一陣子，仍然弄不清個所以然，只好一隻隻抓來研究。

抓到最後一隻時，秦觀才發現不對：「咦？這隻是公雞！」

「公雞？」小藍驚喊道。

「看樣子牠就是多出來的那隻了。」秦觀道。一會兒他又疑惑地搔頭，「怪了，昨兒個還好好的五隻母雞，今早怎麼就突然多了隻公雞？」

兩人百思不得其解，最後決定不想這事兒，反正多一隻是一隻，養五隻雞與六隻雞沒什麼大分別。

小藍找出向御膳房要來的一桶穀粒，依依不捨地放下茶色母雞，開始和秦觀在院落裡灑穀粒餵雞。

那隻不知打哪兒來的公雞也愣頭愣腦地跟著一起啄穀粒，其間還被母雞群翅擊了四五下，跌倒又呆愣愣地爬起，繼續吃穀粒。

「這隻公雞是不是有點遲緩呀？」小藍觀察了許久，終於忍不住問出口。

同樣蹲在一邊觀察了許久的秦觀也不得不點頭同意。真是詭異，這隻多出來的不但是公雞，還是隻傻楞楞的公雞，著實怪得可以。

銀月高掛，夜幕低垂。月輝灑落窗櫺，地面印上了繁複花紋，與搖曳的燭光融得半金半銀。

霜玄放下狼毫筆與手中繁煙國的地圖，揉了揉眉心。

人界繁煙國的繁城與煙城不合是早有的事，五十年前便發生過煙城之亂……當下他是想藉著這個機會奪取人界而製造混亂沒錯，卻被封印了力量。五十年後的現今，沒有他作亂，人間同一國家中的這兩城卻還是自己廝殺起來，看樣子他被詛咒得還真是冤枉。

煙城的玄術士已正式向繁城宣戰，身處於繁城的繁煙國皇帝也調度好十萬大軍備戰。縱然四周的廣寒、青鈴、雨樓、赤鸞、乙燕等國家目前皆保持看好戲的態度，但想必漁翁得利的態度早已確立。

白鳳自然不打算放過這侵占人界地盤的好機會，私下派出的翼族多不勝數。想必不久之後諸侯們必定會來宮中召開五十年未曾見的盛會，而他向來都厭惡與那群諸侯接觸。不是白龍、青龍，就是紅龍，再不然多些蛇妖龜精什麼的，各個都等著看他什麼時後應付不來魔力盡失，好爭著當魔界新一任霸主。

霜玄不自覺又蹙起眉，墨灰色瞳眸中盈滿冰寒。若是等他詛咒解除了之後，那些雜妖還敢這樣爬到他頭上?若恢復了力量，他必定會將白鳳一派盡數斬草除根，連同那些諸侯。

當然，秦觀也得除。解得了詛咒必然下得了詛咒，這禍患自然不可留。這次，他決不會讓秦觀像秦四海一樣逃脫。無論用鐵鍊或他的利爪，他都會將秦觀緊鎖在這座宮裡，解除詛咒後再親手將他的心臟攫出。

想至此，霜玄眼中掠過一抹寒芒，手中拿著的茶杯啪嚓一聲結滿薄霜，裡頭的玉茗茶已成固體。

扔下手中結冰的茶杯，霜玄起身，捻熄桌案上的寒燈，走至臥榻邊。

不需傳喚，兩名貼身童僕便走了進來，服侍霜玄褪去外袍，僅剩裡頭墨色中衣，再讓他將寢袍穿上。霜玄的寢袍同樣是墨色的，上方以金線繡了行龍與雲龍紋樣，袖寬，質輕而密實。

替黑龍王服侍完更衣後，兩名童僕垂著深銅色眼眸出去了，順帶將門邊兩盞寒燈掩熄。

躺上床鋪，霜玄吐了口氣。近日除了白鳳與繁煙國的事之外，還要解開有關詛咒的謎題，他已經約莫五六日沒闔眼了。方才將繁煙事宜整理得差不多，才終於能沾枕。

縱然身為黑龍，一兩個月不入眠都沒問題，但近日勞心甚重，五六日未眠也算得上負擔沉重了。況且霜玄向來淺眠，不易入睡又容易因細小聲響就被吵醒，要睡上一場好覺對他來說本就並非易事。

但今日，或許是因為疲憊作祟與夜色安寧無翼族妖氣干擾，霜玄難得覺得能好眠一場。他闔上墨灰色的眼瞳，收斂周身寒氣，感覺意識即將沉入贏魚司執的夢土——

咕咕咕——！

一陣淒厲破音的雞啼刺入霜玄耳中，狠狠刮著他的耳膜。通往夢土的道路斷了，空中走廊頓時震成廢墟。

霜玄額間青筋一跳，緩緩睜開充滿殺意的墨灰色眼眸。

雞？向來寧靜清幽的龍王殿裡有雞？而且在這種夜半時分用破鑼般的嗓子啼叫？

霜玄眼角抽搐，周身寒霧升騰，翻身下榻，套上長靴。桌案上的茶壺與方才結冰的茶杯啪嚓兩聲猛地炸裂開來，整座黑龍軒微微震動，樑間落下塵埃。

走出門外，就見外頭察覺到異樣的童僕婢女早已跪倒一片，邊瑟瑟發抖邊喊道：「保重龍體，陛下息怒！」

霜玄睨也不睨他們一眼，寒冷如萬年凍雪的嗓音擠出牙縫間：「滾。」

地下跪倒一片的童僕婢女立即跳起，一刻也不敢逗留地消失於霜玄眼前。

霜玄走向墨玉軒，每一枚印在地面的腳印都結了霜。途經黑龍軒院落時，周遭的繁花皆因他周身寒霧而結冰碎裂。

捲著暴風雪般的寒氣，霜玄寒著一張臉來到了墨玉軒前。

果不其然，眼前的墨玉軒又換了層皮。之前荒煙禿草的院落，現下竟多了竹籬笆、小菜苗，以及一群雞。

霜玄臉上寒意更盛，沉聲道：「霞露。」

兩名貼身童僕立即出現在他身後，垂首道：「陛下萬安。」縱然神色平靜，兩人藏在寬袖裡的手卻在顫抖。即使理智仍在，他們的身體仍出於妖魔本能地畏懼於黑龍王的盛怒，怎麼也無法止住顫抖。

霜玄表情平靜，墨黑色雙眸卻彷彿結了冰：「那人類住這兒幾年了？」

「回陛下，半月有餘。」其中一名童僕答道。另一名連牙齒也在打顫，暫時無法回話。

嘴角勾起的弧度如刀上寒芒，霜玄連竹籬的矮門都不必拉開，一晃眼便到了墨玉軒正門前。周遭的雞對龍王冰寒的怒氣毫無所覺，其中一隻母雞正撲翅追打著那隻呆公雞，公雞也傻愣愣地讓母雞打，昂著脖子似乎想再啼一聲以振雄風。

在破鑼嗓子再度荼毒耳膜之前，霜玄冰寒的利爪揪住了公雞的脖頸不讓牠出聲。公雞鼓著臉，一口氣上不去下不來，金色眸子狠瞪著龍王，倒也無懼色。

原先想提著公雞去找秦觀算帳，霜玄一抓起公雞卻發覺事態不對。他猛地皺起眉頭，看了公雞數秒後，面色寒得如白山凍雪，一雙眼更是寒徹骨如永凍冰錐。

霜玄提著雞脖子撩簾跨步進了大門，小藍早已感覺到龍王的冰寒怒意而跪在門邊發顫，連行禮的詞句都說不出來。他並未施捨小藍一絲注意力，逕直往內室走去，每一印腳步都結了冰，地面發出凍裂的嚓嚓聲。

走到了臥榻邊，霜玄毫不意外地看見秦觀豪放的睡姿與無害的睡臉。站在臥榻邊，霜玄用盡所有理智讓自己的利爪不要往秦觀腦袋揮去，扯著嘴角硬擠出平靜而壓抑的聲音道：「人類。」

霜玄站的位置地面都結了層冰，冰還一路蔓延到床緣，秦觀不禁顫了顫，夢囈幾聲拉緊被褥。

霜玄深吸了口氣，彷彿這口氣能壓下胸腔中沸騰的怒火，再次壓抑嗓音道：「人類。」

秦觀打了個噴嚏，吸吸鼻子翻身繼續睡。

額間青筋浮跳，腦中血管不知炸掉幾根，霜玄猛地伸出利爪揪住秦觀後領，一把將秦觀拎起。

失去了床鋪支撐，秦觀的腦袋斜斜歪在一邊，雙唇微啟，發出鼾聲。

一手拎雞一手拎人，霜玄眼皮一跳，終於任怒火衝上腦袋，喉中爆出一陣天地皆為之震動的龍吼：「人類，給本王醒來！」

天地為之震動，屋樑咯吱作響，震落灰飛一片。

「哎唷喂呀！」秦觀醒來第一個動作便是緊摀住耳朵，頭昏眼花地哀嚎道：「我的天，今天的雞啼怎麼這麼響亮？」

霜玄眼皮又是一抽。

待秦觀清醒後，才發現自己雙腳並未著地，整個人是虛浮在空中的，驚訝地喊了聲，喃喃道：「咦？難不成我在睡夢中無師自通，終於學會了懸浮術？嘿嘿，以後偷摘樹果就容易了。」

霜玄臉頰抽搐，手一轉將秦觀整個人的正面轉向他。

秦觀見眼前黑龍王邪魅而冰冷的臉部特寫，愣了愣，疑惑道：「咦？我用懸浮術飛到了龍王的寢室？」驚訝完後，秦觀趕緊正色道：「不好意思啦，我沒有心懷不軌喔，初識懸浮術難免有些失誤。」說完還不好意思地搔搔頭。搔頭的同時還覺得怪，今天的袖子似乎特別緊，尤其是後頸部分。

霜玄沉默，將另一手提著的公雞拎到秦觀面前，冷聲道：「這是怎麼回事？」

秦觀愣了愣，看看公雞又看看霜玄，面色嚴肅地答道：「我不是騎雞來的。」

霜玄彷彿聽到腦中血管爆炸的聲音，抖唇怒道：「第一，這裡是墨玉軒。第二，你並沒有學會懸浮術。第三，他不是雞，他是鳳凰。」

秦觀這才發現自己被龍王抓起才會騰空，一臉不滿地咕噥道：「哎哎哎是是是，那你大半夜的把我拎起來做啥？真是龍沒龍樣……」片刻後，秦觀才反應過來霜玄說的

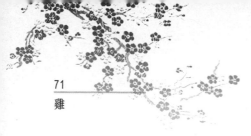

最後一句話，瞠大眼睛道：「等等，你說牠牠牠牠是鳳凰？」

鳳凰？這隻公雞？傻楞楞的公雞？被母雞鄙視又霸凌的公雞？這隻痴呆公雞？

秦觀看向公雞，公雞露出呆滯的表情，噗啾一聲打了個大噴嚏。

秦觀沉默，一會兒才道：「你若是想替牠取名為『鳳凰』，我倒是不介意啦……但你不覺得和牠不太搭嗎？」

霜玄蒼白修長的右手用力搖了搖，將公雞搖了個天昏地暗，公雞竟在一瞬間發出一陣金光，每一片羽毛都變為金色，嘴喙也變得修長，尾羽拖長而閃爍七彩光芒。

秦觀瞠大雙眼，嘴巴隨著公雞進化的過程越張越大。

鳳凰看起來十分火大，狠狠瞪了霜玄一眼，翅膀一揮又將自己變回公雞的模樣。

與公雞互瞪一陣，霜玄沉默，將怒意轉到秦觀身上：「你沒事在龍王殿裡養什麼雞？瞧你把本王的鳳凰變成什麼樣子！」

面對霜玄冰冷憤怒的表情，秦觀一臉莫名其妙：「牠自個兒跑過來的，我什麼也沒做啊。」

霜玄一窒，動了動唇，片刻後才怒道：「你養的雞把他帶壞了！」

縱然衣領在別人手中，秦觀仍無屈服之色，挑眉道：「賢臣擇主而事，良禽擇木而棲。鳳凰既為百禽之首，自然更知曉擇良木而棲之道。現下牠自棲入雞群，你焉知我養的雞非良木？」

一時無話可說，霜玄只得憋屈著一肚子氣餒，鬆手讓秦觀落地。猛地摔落地面，秦觀哎唷了聲，邊起身邊揉著摔疼的背。

霜玄瞪著手裡剩下的另一隻生物，一雙墨灰色眼睛緊緊瞪著公雞模樣的鳳凰。鳳凰也不甘示弱，用呆蠢的公雞臉狠瞪著霜玄，一龍一鳳之間火藥味頓生。

霜玄再次用力晃了晃手中的雞，公雞一陣天旋地轉，身形一晃又變回金光閃閃的鳳凰。鳳凰大怒，撲動燦亮有力的雙翼，掙脫霜玄的手翩然落地，冷瞪霜玄一眼後，又唰的一聲變回了公雞。

霜玄瞇起冰冷的墨灰色眼眸，冷冽的視線緊鎖著地上的公雞。公雞昂起頭，一雙眼絲毫不敗陣地回瞪龍王。

一龍一雞對瞪許久，在一旁的秦觀看著這副詭異的景像莫名覺得心中搔癢，就在幾乎要噴笑出聲時，霜玄才猛地轉過頭來，讓秦觀一瞬間恢復成正經八百的嚴肅表情。

霜玄瞪著秦觀，冷聲道：「無論如何，你這人類都不該在清幽的龍王殿裡養雞。」

秦觀斜倚在床柱邊，再次操起一口漠下徜北方言：「我說氣甕子，俺不養雞，誰來幫俺嘀菜苗子除蟲？莫說你這氣甕子幫俺除蟲咧？你木硬木硬的，又花花腸子沒耳性，這點雞蹺腳兒定戳七不來，不抗浪頭。俺菜苗子給你這般折動，還不艮瞎？」

秦觀呼啦啦喊了一堆還故意喊得霜玄也只能聽個半懂，面對秦觀低格調的表情和低格調的說話內容，霜玄被迫只能無視之。

俗話說世間人類不怕九品只怕沒品，憋著一肚子氣燄，霜玄不再和這沒品格的人類計較，踏著一地啪嚓啪嚓的薄冰拂袖而去。

†

夜幕低垂，銀月東升。今夜墨玉軒並未傳來不識相的雞啼，但黑龍王也無法睡個好覺了，必須待在桌案前勞心於社稷。

「聽說陛下兩日前動怒了？」坐於一旁飲茶的金鷙溫潤地開口，一雙鎏了金般的眼眸含笑。

霜玄放下手中的奏章與妖部錄，轉身挑眉道：「右丞相，你何時管起本王的生活起居了？」

金鷙勾唇一笑，「陛下，兩天多了，總管還哭著呢。」金鷙抿唇，又道：「況且，陛下即為社稷，陛下動怒必影響天氣地氣。這已非生活起居之事，而是天下社稷之事了，自然在微臣職責內。」

霜玄沉默，有些無奈地嘆了口氣。「改日本王生幾個孩子也歸你管了？」

「那也得陛下先娶妻啊。」金鷙又笑了笑。隨後抬眸，盯著霜玄，「想必陛下動怒必然與秦四海的孫子有關？」

提起秦觀，霜玄的眉頭不自覺地緊皺，墨灰色瞳眸裡盈轉的不知是惱怒還是鄙夷。

此時，兩名銅眼童僕垂首走了進來，恭敬道：「陛下，請用夜宵。」

金鷲放下手中茶盞，起身行禮道：「那麼，微臣便不打擾陛下用膳了。」語畢，金鷲撩袍走出了黑龍軒。

霜玄眉頭仍舊緊鎖沒有鬆一分，沉默了片刻，才問道：「什麼菜色？」

「回陛下，有桂花池、雙鸞戲珠、木槿花炙羊、芙蕖燒雞，以及一盅菡露養清秋。」

又沉默了片刻，霜玄才道：「都撤下吧。」語畢，霜玄起身走出黑龍軒。隨意行到霜煙月季花園，霜玄雙手負在身後，吐出一口白霧，仰頭看向空中的明月。

今晚是滿月。感覺昨日才滿月過，今日卻又滿月了。霜玄停下腳步，若有所思地望著銀盤般的月亮。自從秦觀來了之後，感覺日子過得似乎快了些。

該不會是秦觀從秦四海那兒學來了什麼咒術，施加在這龍王殿或是他身上吧？霜玄蹙起眉。不，即使他沒察覺，金鷲也不可能沒發現。那麼，是什麼原因呢？

他不曾感受到時間流逝，黑龍殿一年四季都是相同的樣貌、差不多的氣溫，頂多偶爾降雪。沒有地方會生蛛網，四處總是被打掃得整潔乾淨。這裡的花朵從來不會凋謝，也不會枯萎。

這或許是他數百年來第一次這麼認真地望向月亮，甚至是第一次願意去注意月亮的圓缺、時間的流逝。

正陷入沉思當時，一旁卻突然傳來一陣尖叫。

霜玄警戒地看向發聲處，發現自己竟不知不覺間來到了墨玉軒旁。尖叫聲就是從墨玉軒裡傳來的。沒想到秦觀看起來人模人樣，還有虐待童僕這項嗜好？

霜玄瞇起眼，轉身走向墨玉軒。

第五章

胭脂酒

第五章：胭脂酒

今晚是滿月，秦觀早早就遷移到後院的石桌旁，還讓小藍備妥了美酒和糕點，準備賞月。

秦觀望著月亮，沒想到看著看著就看出愁緒來了，以食指沾酒在石桌上寫了起來。寫到最後一句，就差那麼一個字想不出來，秦觀直覺性地拿起空的暖玉杯，叩叩叩地往石桌上敲。

這種規律的聲響與動作，能讓他更專心思考。

小藍在一旁看得膽顫心驚，那可是暖玉杯啊！墨玉軒這兒最貴的一只玉杯啊！和石桌上那只暖玉酒壺是一組的，不只人間，妖界也就這麼幾組，要是被秦觀給敲碎了他可不知道該怎麼向陛下交代。

正在一旁慌亂想著該如何開口阻止秦觀時，鏗鏘一聲，暖玉杯裂成了兩半。

小藍發出一陣慘叫。秦觀被小藍的慘叫驚得目瞪口呆，盯著小藍傷痛欲絕的表情，一時反應不過來。

正陷入一片詭異沉寂時，兩人身旁傳來一陣低沉的嗓音：「發生什麼事了？」

兩人都轉過頭去看向聲音源頭，原來是穿著一襲純黑長袍的霜玄。

發現是陛下，小藍哀莫大於心死地行禮道：「小主有一個字想不出來，用暖玉杯敲石桌幫助思考，沒想到將杯子敲碎了。卑職一時過於震驚，失聲喊了出來。」

霜玄冷笑了聲。秦觀有一個字想不出來？這人類果然是鄉野鄙夫，大字不識得幾個。八成是在石桌上練字時，一時連個簡單的字也想不出來怎麼寫。

「沒辦法，那個字很重要。不只句子，整首詩活不活得起來就靠它了。」秦觀懊惱地看著桌上以酒液書寫的幾行字，再看了看一旁碎裂的暖玉杯。

「小主，下次我替您準備幾只銅杯吧，這樣你要怎麼敲都行。若是每次您寫詩都得敲碎一只玉杯，卑職可擔不起黑龍殿玉杯缺貨的重責大任。」小藍哀戚地在秦觀身邊小聲咕噥道。

聽見他們的對話，霜玄蹙起眉。寫詩？這人類在寫詩？霜玄走上前去，看向石桌上的幾行字：

寒馬逐銀緞
蹄亂夜雪痕
勸君莫抬首
明鏡　孤魂

霜玄挑眉，訝異於秦觀的文筆。原以為會看見粗淺的文句，沒想到這人類寫得還不錯。且缺漏的那一字，果真如秦觀所說，關乎整首詩的生氣。

看著看著，霜玄竟也來了興致，同樣以食指沾酒，瞪著那個空格，在腦中搜尋適合的字詞打算將之補上。

正專心思索時，霜玄卻感覺沾了酒的食指被什麼溫熱的東西碰了一下，回過神一看，發現竟是秦觀舔了他的手指。

「你你你……你做什麼？」霜玄瞪著秦觀，錯愕地喊。

「酒快滴下來了，別浪費。」秦觀皺眉訓斥道，坐到一邊的石椅上。

霜玄一愣，滿腦子詩興被這麼一呼拉全飛到了九霄雲外。在原地僵了片刻，費了番功夫定神，霜玄才將詩興從雲端拉了回來。

但是，這次他不敢再以指沾酒了，而是在右手食指指尖凝上一層寒氣，直接在石桌上畫出霜痕。

秦觀好奇地湊過去看，發現霜玄在缺漏處填上的字是「鎖」。秦觀驚訝地睜大眼，吟誦道：「寒馬逐銀緞，蹄亂夜雲痕。勸君莫抬首，明鏡鎖孤魂。不錯，這字填得妙。」

秦觀原先想填的候選字是點、剪、映、顯、立、欺，怎麼都想不到一個最貼切的。現下，霜玄這個「鎖」字完全貼合詩意，秦觀想不出比這更合適的字了。

嘖嘖了幾聲，秦觀抬頭看向霜玄，一臉驚奇地說道：「沒想到龍也會吟詩作對。」

霜玄冷哼了聲，蹙眉道：「當初可是龍族將知識傳授給你們，應該說『沒想到你們人類也會吟詩作對』才是。」

秦觀卻聽得不怎麼專心，一敲掌心道：「啊！對了，機會難得，就讓你來一起品嚐我珍藏的美酒好了！」

話還沒說完，秦觀立即飛奔回屋內，小藍則趕緊跟在後頭邊跑邊喊：「小主，需要什麼差遣我去取就行了！」

霜玄站在石桌旁，清冷的月色傾洩而下。他第一次有種被忽視的感覺。

片刻後，秦觀就扛了三甕酒來，一臉興奮地放至石桌上。「就是這個，這可是世間最美味的酒，其他酒都比不上。」

原先因被忽視而想轉身就走的霜玄，聽到秦觀說的話，好奇心也被勾了起來。世間最美味的酒？是何種美酒？宮裡的酒泉鎮日淌流出各種不同的佳釀，他怎麼可能沒嚐過？

受到好奇心驅使，霜玄也在石桌邊坐了下來。

秦觀嘿嘿了兩聲，小心翼翼地拆開酒甕上的封口，湊到酒甕上貪婪地吸了一口酒香，臉上的表情陶醉得彷彿已喝下了十斟酒。

看見秦觀的表情，又嗅了嗅空中的酒香，霜玄更好奇了。手掌一翻，掌中立即出現一只冰製成的杯子，周遭還飄散著寒氣。

霜玄將杯子遞到秦觀面前，秦觀這才回過神，捧起酒甕替霜玄倒了一整杯酒。透明的冰製酒杯透出酒液的淡紅，彷彿一整杯融化的紅玉。

「嘿嘿！你慢慢品嚐，喝這種酒我可不需要酒杯。」語畢，秦觀捧著酒甕，直接灌下一大口酒，吁了口氣，滿足地抹了抹嘴。

見秦觀一人在那兒喝得盡興，霜玄也將酒杯舉起，嗅了嗅杯中液的氣味，微微蹙起眉，這才輕啜了口。

等到霜玄喝完杯中的酒時，秦觀已快將手中一整甕的酒喝光了。

霜玄疑惑地蹙起眉。這種酒他的確沒喝過。他一般不會特別去找稀有美酒來喝，多半都是從酒泉裡舀或是別的妖怪宗族進貢來的，或許這種酒真的太稀有了，才會沒有妖怪進貢，酒泉也淌流不出來。但若說是美酒……的確是味道不錯，嚐起來十分特別，和他一般喝到的酒都不同。

「這是什麼酒？」霜玄皺眉問道。

因為醉意以及兩種酒混著喝，秦觀的臉頰已飄上一層薄暮，朦朧著雙眼答道：「這……這個？當、當然是胭脂酒啦！」

「胭脂酒？」霜玄又皺起眉。胭脂嚐起來是這種味道？

「唔……『胭脂酒』只是它的別稱，它是用暮冬的紅色梅花釀造的。」秦觀打了個酒嗝，舉起酒甕仰頭欲飲，卻發現甕中只剩幾滴酒，其他都被他喝光了。

當然的。

秦觀只好放下酒甕，搔搔頭，打開另一甕酒。

霜玄又將酒杯湊了過來。秦觀眨眨眼，舉起酒甕替他倒了滿滿一杯酒。

其實這種酒不過是平民都買得起的酒，還是未經蒸濾的舊醅，霜玄會沒喝過也是

霜玄兩杯酒下肚，秦觀的酒甕又空了一半了。

滿臉霞紅，秦觀醉眼一橫，湊向霜玄道：「怎、怎麼樣？這……這種酒，好喝吧？」

霜玄冷哼了聲，狀似不在乎地道：「普通。」

秦觀也只是笑，邊笑邊打酒嗝，樣子像隻剛喝完奶的小貓。

笑完後，秦觀沉默了下來，呆呆盯著眼前的酒甕發愣。

見秦觀醉得發起呆來，霜玄兀自拿起酒甕，在冰製酒杯中倒滿了酒。秦觀怔怔地盯著霜玄倒酒，再將視線轉到霜玄臉上，怔忡了好一會兒。

霜玄被盯得不自在，啟唇道：「做什麼？」

「其實……我是騙你的。」秦觀喃喃道。

雙眼透出警戒，霜玄冷下臉，周身微微飄散出寒氣。

秦觀似乎無所覺，垂下眼繼續道：「漠下徜北的方言……不是祖母教我的。」

霜玄一愣，神情恢復正常，周身寒霧也收斂下來。若是秦觀說出「其實我無法解開詛咒」，他或許會不小心殺了他。

「……我甚至連祖母的臉都沒見過。」秦觀搖搖晃晃地說著，捧著酒甕又要喝，卻發現拿錯酒甕，拿成方才喝光了的那只，便把酒甕推開，不穩地在石桌上搜尋著新酒甕。

摸了半天沒摸著酒甕，秦觀也找累了，噗咚一聲趴到石桌上去。朦朦朧朧間看見天上的月亮，亮得像只銀盤，秦觀又傻笑起來。

「你、你瞧，今晚的月……好、好圓啊。」趴在桌上，秦觀搖頭晃腦、口齒不清地吟誦起來：「那、那什麼……銀蟾霜滿地，寒……寒寒寒……」秦觀搔搔頭，寒了半天還是想不起來下一句。

霜玄看不下去，不禁回道：「寒輸復幾行。」

「哦，沒錯，寒輸復幾行。」秦觀充滿醉意地點點頭，接著道：「剪……剪剪剪剪枝……」秦觀又搔了搔頭，揉了揉因酒意而昏花的雙眼，深覺喝了酒腦袋就不好使。

霜玄蹙起眉，說道：「剪枝烙花影。」

「哦，對對對！剪枝烙花影。」秦觀嘿嘿笑了幾聲，舔了舔嘴上的酒漬，「下、下一句我記得，不不不要提醒我。剪枝烙花影，虛……虛實又何傷？」

說完，秦觀喃喃道：「是啊……虛實又何傷？」秦觀恍惚抬起頭看著月亮，咧嘴又笑，「今晚的月……真的好圓啊。」

秦觀歪歪扭扭地抬起一隻手，想指月亮，卻又突然止住，「哎，不、不行。不能用手指著月亮。」

雖然是醉言醉語，霜玄仍疑惑地反問：「為什麼？」

「什、什麼為什麼？」秦觀雙眼微瞇，臉頰像被抹了胭脂。

「為什麼不能用手指月亮？」霜玄問。

「你……你這傻龍……」秦觀細聲打了個嗝，「當、當然是因為我爹、我娘，爺爺、奶奶，他們都、都在上面啊！」說完還一敲石桌。

霜玄皺起眉頭，兀自飲著胭脂酒，打算不理會秦觀的醉話。

「小、小時候，爺爺就說過了，我爹、我娘都在月亮上。月朝東時，是我爹，月朝西時，是我娘。滿月，就是爹娘都到了，大、大夥兒團圓。」秦觀口齒不清地說著，「現、現在爺爺也到月亮去了，今晚滿月，大夥兒都團圓，一、一起喝爺爺最拿手的胭脂酒。」

說完，秦觀坐起身，迷迷糊糊地在桌上找酒甕，摸了老半天終於摸著了，仰頭想灌酒，卻發現雙手醉得軟趴趴得無力拿起酒甕。

「不……不能用手指月亮……因為月亮永遠到不了。」秦觀喃喃自語起來，「要爹娘從月亮上回來，他們也不回來。應、應當要有鵲橋，把他們從月亮上載下來……」

秦觀咕噥著，雙眼雖看不清，仍直直盯著月亮。

「小、小時候啊……聽爺爺說我原先是和母親一起住，我和母親都是煙城人。後來母親走了，爺爺來煙城接我，帶我到繁城去住。我只記得，我、我從小就和爺爺一起住在山裡，爺爺去砍柴，我負責種菜。」秦觀又趴回石桌上，自顧自地說了起來，嘴角還掛著傻笑，貼在石桌上的醉臉看起來更有趣了。

「後、後來，有一次半夜，爺爺全身發燙，躺在床上動也不動，我趕緊下山，要找大夫。山下村落的人全都把門關得死緊，有幾個人拿鋤頭出來要趕我走。我只好到下一個村落去，那兒總算有大夫願意幫爺爺看病，當我們回去後……」秦觀頓了頓，眼角有些顫抖。

「整座山變成紅色的，亮晶晶的，比天上的月亮還亮。村民在旁邊嚷著，手上舉著同樣亮晶晶的火把。我想進山去找爺爺，大夫卻抓住我不讓我去。那些火焰好高好高，我還以為月亮也會跟著燒起來。」

霜玄沉默，只是靜靜聽著秦觀說話。

「我一直看著亮晶晶的山，直到它變成黑色的，像是用墨水畫成的山。我到了鄰近的村落，在那兒徘徊。有些人會給我東西吃，讓我不至於餓死。但是，當他們看到我身上煙城的紋身時，就喊叫著跑開，接著一群人拿鋤頭出來，把我趕出村落。後來，我開始獨自旅行，一個村落一個村落走……」

「我總是夢到他們的表情。他們微笑的臉孔會在一瞬間扭曲，尖叫著指著我，驅趕我離開。」秦觀呆呆地望著月亮。

霜玄還是沉默地聽著。

「後來，我回到山腳下的村落，希望能找到任何爺爺留下來的訊息。村落裡的人用盡方法要讓我離開，『怪物』、『滾開』已經是招呼語了，最有創意的是『你和你爺爺一樣』。」秦觀自顧自地笑了起來，笑得肩膀也跟著顫動。

霜玄墨灰色的眼裡閃過一絲動搖，薄唇微抿，斂下長睫半掩著眼眸。手中的冰製酒杯被擱置在一旁，早已化成了水。

秦觀邊笑邊說了起來：「『你和你爺爺一樣』……爺爺怎麼會和我一樣呢？爺爺是繁城人，不是怪物。」秦觀又笑了，笑得肩膀顫動，笑得淚水逃出眼眶。

秦觀仍然在笑，滴滴答答的水珠敲上桌面，頃刻間摔得支離破碎。

霜玄動了動唇，終於開口道：「人類，別說了。」

「……我、我好多次想消除掉怪物的印記……用盡各種方法。但是，煙城的印記一旦刺上就無法抹除，永遠都只能是煙城人……」秦觀解開盤扣，露出左胸口模糊的印記。

原本應該白皙的胸膛，上方滿是傷痕。深刻的刀疤、暗紅色的烙痕、剜肉的凹痕，掩去了原先輪廓清晰的印記。過多的傷痕，乍看之下，會以為他的心臟曾被挖出來過。

「……爺爺說，我是他的孫子，是秦觀。我就是我，我是他的孫子……」秦觀左手覆上胸口，輕貼著上方的印記與凹凸不平的傷痕。

「我、我不是……怪物……」秦觀聲線微微顫抖，手指緊收，指甲陷入原先就崎嶇的皮膚裡，些許殷紅的血絲滲了出來，指尖像寒冬的紅梅。

「爺爺……爺爺會悄悄幫作物歛收的農田施下環咒，替乾旱的村落祈雨……他們都看不到……我就是我，我是他的孫子……」秦觀又笑了起來，左手扣得更緊了，鮮血自五指指尖淌流而下。

「別說了。」霜玄沉聲道，一手覆上秦觀雙眼，另一手扣住秦觀左手，將之拉離胸口。

秦觀怔忡，片刻後，才道：「怪了，要我別說應該要捂我的嘴才是，你捂我的眼睛做什麼？」秦觀笑了起來。

霜玄沉默，仍然捂著秦觀的眼，但放開了秦觀的左手。

秦觀不再抓向胸口的印記，而是抬起雙手抓住霜玄的手臂，彷彿抓住了浪濤上的浮木。淚水從霜玄掌下滴落，秦觀嗚咽出聲。

「我好想和爺爺一樣……」

「我好想到月亮上，和他們一起……」

破碎的嗓音伴隨嗚咽，溢出秦觀唇間。

霜玄只是覆住秦觀眼簾，沉默聽著。

銀白月輝灑落，月如明鏡，夜空無一絲雜垢。明月圓缺，千古長在，幾度東逝。

第六章

御膳房

第六章：御膳房

秦觀倚在霜玄身上，雙眼緊閉，呼吸平穩。

霜玄抱起睡著的秦觀，覺得懷中的人果然清瘦，沒什麼份量。

一邊的小藍見了，嚇了好大一跳，趕緊跑過來，行禮道：「陛下，讓卑職來就好。」

「沒關係，你退下。」霜玄垂眸道。抱著秦觀，直直走入墨玉軒，將秦觀放到床鋪上，還替他蓋好被褥。

哭累了加上醉酒，秦觀睡得很熟，搬運過程並未驚擾到他。他白皙的臉頰略顯蒼白，上方布滿淚痕，纖長的睫毛下，雙眼哭得有些紅腫。

小藍已端了一盆溫水和羅巾過來，放到炕案上，將羅巾沾濕，正想替秦觀擦臉時，霜玄卻將濕羅巾拿了過去，開始替秦觀擦臉。

小藍的手維持方才的姿勢僵在空中，不知所措地呆了片刻後只好去一邊面壁。

霜玄握著濕羅巾，抹去秦觀臉頰上的淚痕。

他發現秦觀的皮膚不僅白，還十分細緻有彈性，不禁用手輕輕捏了捏他的臉頰。

秦觀毫無所覺，呼吸仍舊平穩。

想見平常就天塌下來也難叫醒的狀況，現下更是就算他將秦觀扔下山谷，恐怕秦

觀仍舊會睡得很香。於是，霜玄又捏了捏秦觀的臉頰。

捏過癮後，他才又拿起濕羅巾，小心擦拭起彷彿很脆弱的眼皮及眼周。看見秦觀紅腫的雙眼，霜玄停下手上的動作。

相較於普通人類而言，較強又有能力的人類不一定能成為王，懦弱又愚鈍的人類卻能稱王，還能讓其餘人類膜拜、服從。對於這點，他總覺得人類愚蠢至極。

但是，人類很複雜。即使身體構造比妖怪簡單許多，還十分軟弱無能，肉體更脆弱得一捏就碎，卻是他見過最複雜的生物。

為什麼有那樣的過去的人，平常還能這樣笑嘻嘻的，彷彿不知人間疾苦、彷彿不懂悲傷為何物？

霜玄不禁撫上秦觀胸口的傷疤，皺起眉頭。

為什麼還能笑得出來？

想起秦觀的笑容，總是那樣嘴角勾起，像隻頑皮的野貓，霜玄又伸手撫上秦觀的嘴，那比想像中柔軟許多。為什麼……這麼柔軟又脆弱的生物，能承載那麼沉重又多刺的過往？

†

霜玄蹙起眉，沉默許久。

太陽升到天空正上方，陽光早已普照大地的正午時分，秦觀翻了個身，萬分艱難地起床了。

「哎唷，我的頭……」秦觀揉著太陽穴兩邊，覺得整個腦袋是一口鐘，現下就像有人在拿木樁擊鐘一般，既疼痛又發出嗡嗡嗡的迴音。

他眨了眨眼，發現視線有些不清楚，眼睛也睜不太開，疑惑的空出一隻揉太陽穴的手來搔搔頭，這才忍著頭疼下床。

因為頭痛加上頭暈還有雙眼看不清，秦觀走路搖搖晃晃，必須扶著牆壁才能安全前進。怪了，一般這種時候，小藍早就該在一邊待命了，這次怎麼到了正午還不見個影？

昨晚到底發生了什麼事？對了，他原本在對著月亮寫詩，後來有個字一直推敲不出來……然後呢？啊，對對對，霜玄似乎替他填了個不錯的字……沒錯，「明鏡『鎖』孤魂」！真不錯。接下來呢？他似乎開始喝起胭脂酒……對，拿了三甕出來……嗯……然後呢？然後就想不起來了。似乎和滿月有關，滿月的影像一直停留在腦海裡。

之後到底發生了什麼事？他又喝了個爛醉嗎？應該是吧？但為什麼視線會變得這麼不清？他有把眼睛泡在酒裡嗎？他喝醉的時後會這麼瘋狂嗎？等會兒來問問小藍好了。

心裡對喝醉的自己不信任感越來越重，秦觀下定決心要找小藍搞清楚喝醉後的他到底有多瘋狂。但四下環顧，卻都找不著小藍的身影。

該不會他喝醉了太瘋狂，小藍想阻止他，卻不小心被他也泡在酒裡了吧？不會吧？喝醉的他有這麼血腥暴力嗎？小藍雖看起來瘦瘦弱弱，但若動真格的，他絕對打不贏小藍。某次他說需要點柴火來烤厚瓣琴花吃吃看，小藍說好，一分鐘後卻扛了一整棵大樹回來，輕鬆得像在扛裝了羽毛的扁擔。

小藍如此輕易地就拔了一棵樹回來，怎麼可能遭酒醉的他的毒手呢？說的也是，小藍可能只是因為有其他事要忙——像是突然被總管叫去幫忙或被霜玄喚去交代事情之類的。

正打算放棄尋找時，秦觀卻在正廳的花几下方看到熟悉的布料。淺灰帶了點藍色的布料，只有小藍才會穿這種顏色的衣服。布料的邊角從花几鋪布下方露了出來，而花几下方剛好夠放一個人。

這這這這這是怎麼回事？秦觀驚恐地倒退了三大步，絲毫沒有上前查看的勇氣。他他他他他該不會是殺人滅屍了吧？不會吧？再再再再怎麼說，把屍體藏在花几下方也怪得可以，一般應該要埋起來或丟進水井裡才對吧？不不不，問題不是這個，他怎麼可能殺得了小藍呢？其中必定有什麼誤會。

嚥了口唾沫，秦觀小心翼翼地接近花几，用盡全身上下所有勇氣，閉起眼睛掀開了花几布簾——

一雙盈滿驚恐的藍色眼睛盯著他。小藍臉色煞白，眼睛下方是濃厚的黑眼圈，全身緊縮成一團，嘴唇不斷打顫。

秦觀倒抽了口氣。他他他他到底做了什麼？到底對小藍做了什麼？不不不不不不！正當秦觀想以死謝罪時，面色驚恐至極的小藍顫巍巍地開口了：「小……小主？」

「小小小小小藍！」秦觀同樣驚恐地回道，用盡吃奶的力氣才敢開口問道：「到底……到底發生什麼事了？」

小藍先是呆滯了半晌，彷彿受到了極大的精神傷害般雙眼空洞，一會兒才漸漸回過神來，顫抖抬起手，緩緩指向門口。

秦觀嚥了口唾沫，緩緩站起身，舉步維艱地走向門口。深深吸了一口氣後，秦觀提醒自己，無論看見什麼慘絕人寰的景像都要盡量保持鎮定，以免造成小藍的二次傷害。

做好心理準備後，秦觀轉過身去，看向門外。

「啊啊啊啊啊——！」秦觀慘叫出聲。

只見門外，跑滿了雞、種滿了菜的院子裡，偉大的黑龍王正沉默地提著水桶，將一瓢一瓢水舀出來替菜苗澆水。

慘叫完後，秦觀衝回花几前，再次掀開花几簾幕，驚恐至極地指著門外問道：「那那那那那是怎麼回事?」

小藍慘白著臉，抖著嘴唇，許久才擠出斷斷續續一句話：「早、早晨時……陛、陛下他……」說到這裡，又忍不住驚恐地瞪大眼，眼淚漸漸在眼眶裡聚集。

「他他他怎麼了?」秦觀趕緊反問。

「他……」小藍哽咽了聲，「他……陛下他……甚至拿穀粒餵雞!」

秦觀倒抽了口氣，跌坐在地板上，久久不能言語。

這一天終於到了嗎?他，秦觀，秦四海的孫子，偉大玄術師的後裔，繁城出名的偷拐搶騙專家，這些一世英名都要在這裡畫下終止符了嗎?終於，黑龍王不顧詛咒之事，下定決心要毀滅他這個偉大的人了嗎?

所以，黑龍王決定要先對他的雞和他種的菜下手?啊!多麼殘忍毒辣的手段!

秦觀哀傷地搖了搖頭，轉頭看向窗外湛藍的天空，背景音樂是破音的正午公雞啼鳴。搖搖頭嘆了口氣，秦觀拿了把椅子坐在窗邊，詩意地將此時的藍天譜寫成優美而悲傷的絕句，收藏入腦海裡，擺出最英俊帥氣的姿勢等待時刻來臨。

約莫過了半個時辰，霜玄仍在外頭澆水整菜，絲毫沒有要進來毀滅秦觀的意思。

秦觀終於沉不住氣了，臉上如悲劇主角般哀慟悲愴的神情消失殆盡，帥氣的姿勢也早已因維持太久肌肉痠痛而破功。

他站起身，往門外走去，在霜玄身邊站定，重新擺出悲壯的神情，喊道：「要下手就快下手吧！」

霜玄抬起頭，莫名其妙地望著秦觀，沉默片刻。

悲壯的神情維持了許久，睜開眼偷瞄了下，見霜玄仍沒有行動，秦觀清了清喉嚨，重新喊道：「要下手就快下手吧！」

這次，霜玄總算有動作了，霜玄走到一邊——秦觀偷偷睜開眼——是要拿出絕世武器嗎？他，秦觀，秦四海的孫子，偉大玄術師的後裔，繁城出名的偷拐搶騙專家，會死在偉大黑龍王的絕世武器之下嗎？啊！就用黑龍王的絕世武器為他傳奇的一生畫下一顆完美又悲壯的句點吧！

霜玄走到一邊，蹲下身，伸手將一株綠蘿蔔拔了出來。

啊！多麼健壯肥美的綠蘿蔔！秦觀感嘆。好吧，即使不是死在黑龍王的絕世武器之下，而是被自己親手種的健壯肥美的綠蘿蔔殺死，的確也算是為他傳奇的一生畫下一顆完美又悲壯的句點。

霜玄走了過來，秦觀再次擺出悲壯的神情，微微仰起頭，閉起雙眼。

沉默維持了許久。

秦觀終於忍不住睜開眼。

只見，霜玄用十分複雜的表情問道：「……這根綠蘿蔔有這麼糟嗎？」

秦觀呆了呆，直覺性地答道：「不會啊，表皮有光澤又健壯肥美。」

霜玄蹙起眉，「那你為什麼要一臉悲傷地看著它？」

「啥……？」秦觀愣了愣，「這……當然不是在看它，是在等你下手啊！」

「我已經下手了啊！」霜玄莫名其妙的回道，「你不是叫我去拔蘿蔔嗎？」

秦觀怔忡，呆佇在原地，腦袋停止運轉，遲遲無法理解霜玄的話語。久久，秦觀才回過神，問道：「我……我為什麼要你去拔蘿蔔？」

霜玄神情詭異地盯著秦觀，「我哪知道你為什麼要我去拔蘿蔔？」

「……那你去拔蘿蔔幹嘛？」

「你不是要我拔嗎？」

「我……我要你拔你就拔？不、不對，我什麼時候要你去拔蘿蔔了？」

「剛剛啊！你不是要我下手？」

「下……誰要你對蘿蔔下手？」

「那不然你要我對什麼下手？」

「對我啊！」秦觀喊道。

霜玄狐疑地看著秦觀，反問道：「你要我對你下手？」

秦觀愣了愣，搔搔頭，似乎覺得有哪裡不對，一時又說不上來，「這……我沒要你對我下手啊！」

「那你到底是要我對什麼下手？」霜玄皺緊眉頭。

「對我啊！」

霜玄沉默片刻，才問道：「你剛剛不是說你沒有要我對你下手？怎麼又要我對你下手了？」

「這……不不不，怪了……」秦觀搔了搔腦袋，思考許久，最終決定放棄思考，直截了當地將一切責任推給霜玄：「是你啦！你的問題！你要對我的雞和我的菜做什麼？」

「我……只是在研究人類日常行為，順便親身體驗何為照顧禽畜和蔬菜。」霜玄板起臉。

過了好久才聽明白霜玄的話，秦觀疑惑地反問：「……你在替我餵雞和澆水？」

「誰……誰說的！本王才不會這麼做。本王只是想研究研究人類的日常作息罷了。」語畢，霜玄板著臉拂袖而去，留下一臉困惑的秦觀。

還陷在疑惑的漩渦當中，秦觀決定先去洗把臉再好好思考。走到水缸邊時，卻突然發現倒映在水面的自己，雙眼腫得異常。

「咦？我的眼睛怎麼了？」秦觀驚訝地摸了摸紅腫的雙眼。

昨天晚上到底發生了什麼事？該不會是他喝醉了去非禮黑龍王，黑龍王一氣之下揍了他兩拳，才讓他的眼睛變成這樣？不，這無法解釋為什麼霜玄要替他餵雞和澆水啊！

百思不得其解，想問小藍，小藍卻又仍沉浸在驚恐當中問不出個所以然，秦觀只好暫時先放下這個疑惑，打算改日再論。

†

「今天霜玄也有來嗎？」秦觀問。

「約莫辰時來過，陛下餵了雞也澆了水。」小藍答道。

秦觀沉吟了聲。這種情況已經持續一整個月了，這黑龍王還沒玩膩嗎？為什麼每天都來他這兒替他澆水餵雞？黑龍王不是應該很忙嗎？這傢伙把國家社稷都扔哪兒去了？秦觀蹙起眉。

「啊啊——好無聊喔。」秦觀懶洋洋地喊道，立即把腦中的霜玄丟到九霄雲外了。他站起身，悠哉又煩躁地四處走動，怨懟道：「唷，再這麼悠著悠著，都要給俺悠出霉啦！被這麼供著，真是百苦焦酸，吃屈吃氣。」

雖然聽不懂秦觀後半段到底說了什麼，小藍也聽得懂秦觀的第一句「好無聊喔」，可以猜得到後半段是在抱怨他有多無聊，因而應道：「不如吃個茶，小主？」

「吃茶？吃茶……」秦觀似是想到了什麼，咀嚼了這二字一段時間。

看見秦觀的表情，小藍深覺不妙。通常他的小主出現這麼長的思考時間，這麼認真的表情，絕對會做出什麼驚人之舉——上一次是去拔鳳凰的毛來下酒，再上一次是意圖摸摸看陛下的龍角。

小藍打了個哆嗦，趕緊道：「還是來寫詩填詞好了，小主！之前才拿了斜天松產的上等好墨……」

「決定了！」秦觀突然喊道，「既然要吃茶，那就得搭茶點。」

「茶……茶點？」小藍愣了愣，這才鬆了口氣，「好，小主，我現在去點心局那兒拿……」

「不，我也要去。」秦觀用不容反駁的語氣道。

「您……您也要去？」

「對。」秦觀答得很是理直氣壯，「我都說在這兒都快悶出霉來了，難道小藍你想讓我生霉嗎？」

「這……當……當然不想……」人類有這麼容易發霉嗎？小藍雖然覺得詭異，卻還是別無選擇地帶秦觀到御膳房去了。

若是不帶他去，他肯定會氣得嚷嚷要自己找路去，然後就在龍王殿裡大逛特逛，能逛的不能逛的地方全逛過一回，然後快樂地宣告他迷路了，讓龍王殿一片混亂，沒事就找不到人的黑龍王氣到掀翻整座宮殿。

到了御膳房，秦觀可樂了，葷局、素局、掛爐局、飯局、點心局，鍋爐、鼎、鬲、鑊、甑、甗、炊爐，調料架、香料匣、米缸、肉架，所有能碰的不能碰的能逛的不能逛的全都給他荼毒了一遍。

裡頭的庖長、庖人、廚役倒是被秦觀嚇得不輕，深怕秦觀在他們的菜餚裡下毒或亂加調料。但這座宮殿裡無人不知秦觀是要幫陛下解咒的「貴客」，庖廚們各個敢怒不敢言，更別說趕人了。

秦觀除了亂逛亂碰，當然還會亂吃。在香氣滿溢的膳房，四處都是美食，而他只要看到新奇的、看起來像食物的東西就會拿起來吃吃看。見連還沒熟的都會慘遭魔掌，廚役怕他吃壞肚子想阻止都來不及。

亂逛亂碰亂吃之後，秦觀又無聊了。

看著廚役們忙東忙西，秦觀也想動手做做看，就跑到點心局那兒去，盯著庖人蒸包子、做餃子、燒餅。

盯了一會兒，秦觀總算耐不住性子，挽起袖子興致勃勃地問道：「這兒有沒有琴花？」

被他盯了很久的庖人嚇了一跳，戰戰兢兢地道：「回……回閣下，有……有的。」說完趕緊去一邊拿來一只水汪汪的花籃，裡頭裝滿了半透明的厚瓣琴花。

「哦哦！」秦觀開心地接下，捧著花籃到一旁忙和去了。

其餘庖人、廚役很是好奇，在工作之餘紛紛用餘光偷偷觀察秦觀。

秦觀兀自舀了一盆淨水，清洗起琴花來了。把整籃琴花都洗得晶亮如琉璃後，除去花蕊，又四處張望了一會兒。

這時，方才那名庖人忍不住跑來了，還遞了一只玉粟匣來。

「哦？謝謝。」秦觀愣愣接下，才道：「你怎麼知道的？我在找的就是這個。」

庖人只是有點靦腆的笑，一會兒才道：「敢問……您要做的是？」

「紅玉囊！」秦觀很果斷地道。

「紅玉囊？」庖人愣愣反問。

「你們這兒沒有紅玉囊嗎？」秦觀放下玉粟匣。

庖人搖搖頭。

「嗯……」秦觀偏頭思忖了一會兒，才道：「就是用厚瓣琴花裹著糖漬紅梅豬肉餡，拿去蒸。」

庖人驚奇地眨了眨眼。此時，點心局的庖長也忍不住過來了。點心局的庖長是一名三眼僧人，有著三隻烏黑的眼睛，和一把綁起來的長鬍子。眼見連庖長都丟下工作來了，其他庖人也三三兩兩陸續聚集過來。

看那麼多妖魔圍到他身邊來，秦觀愣了愣，搔搔頭道：「好吧，爺兒就做給你們瞅瞅。」但是說實在的，他的廚藝也好不到哪裡去，這次只是做著玩的，沒想到現在竟鬧得這麼大。

算了，反正就算他做得差，只要沒有燒掉自己，那些妖怪可能也都只會認為是人類的烹調法特殊，不會想到是他廚藝不好。

想開了，秦觀就開始將玉粟塞入琴花拔去花蕊後的小洞裡。玉粟呈半透明，因而得「玉」之名。它和琴花十分相像，蒸完後的口感幾乎一致，因而不是被磨粉製成裹皮或蒸糕，就是被拿來填塞琴花，以免露餡。

那群庖役圍在秦觀旁邊，各個面色專注地看著秦觀動作，不時還會佐以驚嘆，讓秦觀做得十分心虛。他只是在填塞琴花，這麼簡單的事兒也讓他們驚嘆個啥啊？

從剛剛庖人拿玉粟匣給他的行為來看，這兒應該也是用玉粟來填塞琴花的啊？有什麼好驚訝的？難不成是他的動作太蠢太不標準？不，或許是他們壓根沒看過人類下廚，覺得驚訝而已吧？也對，若是他看見一隻雞在做飯，恐怕連洗米都會讓他驚嚇。

而此時，偉大的黑龍王，已聽聞秦觀擅自前往御膳房的事了。

聽完銅眼童僕的報告，霜玄蹙起眉。

那個人類跑去御膳房做什麼？肚子餓了嗎？不可能，若是肚子餓了可以遣人去取，何必自己前往？該不會……是想下毒吧？霜玄瞇起眼。

那人類肯定受不了被軟禁了，想在黑龍王的飯菜裡下毒，這麼一來，若是他被毒死，那人類也自由了。

霜玄冷著臉，放下手邊工作，立即動身前往御膳房。

這是他第一次到御膳房。

當他走入御膳房時，嚇呆的庖役跪成一片。

在霜玄煩躁地要他們起身後，原本圍在秦觀身邊的庖役趕緊一溜煙回到自己崗位上，戰戰兢兢地認真工作。

而秦觀，少了別人的觀賞，自然覺得輕鬆許多，僅是挑了挑眉，又繼續手邊的動作。

霜玄就站在一邊，看秦觀想要什麼花樣。看了許久，他才發現秦觀只是很正常地……在做糖漬梅花。看秦觀認真又有趣的模樣，霜玄皺起眉。

攪拌糖漬梅花到一半，一回頭就看見霜玄皺眉瞪著他瞧，秦觀便道：「我說氣甕子，既然你有時間杵在那兒，不如來幫我一起做做紅玉囊好了。」

一邊傳來廚役手中銅碗掉落的聲響，眾庖役連瞄都不敢瞄秦觀一眼了。

「紅玉囊？」霜玄蹙眉問。

「紅玉囊就是……」想到又要再解釋一次，秦觀煩躁地哎呀了聲，隨口道：「總之就是包著紅餡兒的琴花。」

霜玄皺起眉。「要吃就讓庖役們做。」

「這你就不懂了，氣甕子。」秦觀嘖嘖兩聲，「只在那兒等吃的多無聊啊？況且自個兒做的總是特別有味兒。」

說著說著，秦觀就將刀具塞到霜玄手裡，道：「快，別傻愣著，來幫我把那些豬肉剁碎。」

看著人類使喚他們最偉大的黑龍王，庖長、廚役差點沒給嚇暈，尤其是三眼僧人庖長，三隻眼睛都給嚇白了。

霜玄盯著手中的刀具，沉默片刻，竟真的走到那一坨豬肉旁。

秦觀沒再理會霜玄，繼續去煮他的糖紅梅，整鍋紅艷艷的很是賞心悅目。

霜玄看了看眼前的豬肉，再看看手中的刀具，又看了看眼前的豬肉，再看看手中的刀具。盯著那把刀許久之後，才終於開始切肉——

當秦觀回過頭想看看狀況如何時，看見的就是黑龍王手指噴血的畫面。

眾庖役驚聲尖叫，許多妖魔慌亂逃竄，三眼僧人庖長直挺挺地暈倒，不斷出現傳太醫傳太醫的尖聲叫喊。

霜玄皺眉看自己噴血的手，又看了看染血的菜刀。

「啊啊啊啊啊啊！我叫你切肉，你切自己的手做什麼？」秦觀抱頭慘叫，趕緊抓著霜玄的手指舀水洗淨，直到稍微止血。

霜玄愣愣看著秦觀慌張的樣子。「你……為什麼要幫我洗傷口？」

「什麼？難不成你們妖怪都不用洗傷口的嗎？」秦觀愣愣反問，停下清洗的動作。

霜玄只是皺著眉。這人類幹嘛為一個軟禁他的人緊張？為什麼替他洗傷口？

見霜玄沒反對，秦觀又洗了洗他的傷口。見沒什麼出血後，用自己素白的袖子替霜玄按了按傷口，將之擦乾。

想了想，還是覺得包紮一下比較好，秦觀用刀將袖子割下一條，用那柔軟純白的布料替霜玄包紮起來。

霜玄只是愣愣看著眼前的人類替他包紮，無法明白為何秦觀要這麼做。秦觀應該巴不得他死才對，這樣就自由了。但為什麼要替他包紮？為什麼要擔心他受傷？人類都是這樣嗎？他真的無法理解……

「好了！」秦觀打了個結，宣告包紮完畢。

看著包紮完後粗了至少有三倍的食指，霜玄沉默。

當粱鼠太醫慌慌張張地趕到，要替霜玄治療時，霜玄卻一句「不用了」就將太醫趕了回去。

他幾乎沒受過傷，這太醫他應該是第一次看見。但霜玄認識一個醫術絕佳的華引，總是雲由四海、不隸屬於任何一方，他曾讓對方醫過幾回。

但是……讓一點醫術都沒有的人類醫治，倒是頭一回。

「我說……你不是群妖之首嗎？怎麼會切個肉就受傷？」秦觀皺眉盯著他。

霜玄愣了愣，有些窘迫地看向那把刀，道：「本王……沒用過那種東西。」

「『那種東西』？」秦觀蹙眉，片刻後才會意，驚訝道：「你……沒用過刀？」

霜玄沉默，沒答腔。

「這……不可能啊！你們平常應該有配劍什麼的……」此時，秦觀才想起，他從沒在霜玄身上看過任何配劍或配刀。

「那……那你平常是怎麼防身……」秦觀搔了搔頭，改口道：「不然這樣好了，如果要你把那些豬肉剁成碎末，你會怎麼做？」

霜玄看了看那些豬肉，猛地伸出指爪，用健全的那隻手劃向砧板上的肉塊。

秦觀愣愣看著霜玄的動作──應該說，他想看清霜玄的動作，卻什麼也沒看見。

等回過神時，豬肉已成碎末。

但不出三秒，啪嚓一聲，砧板連同桌案也裂成碎片。

†

「喔喔喔──蒸得很完美。」秦觀興奮地看著蒸籠裡冒著白煙的半透明紅餡包子。

霜玄也湊過來看，看見這些豔紅梅花豬肉餡透出半透明外皮的事物，不禁蹙起眉道：「怎麼這樣紅。」

「當然，肉末混糖漬紅梅……就是要這麼紅才算成功。若是半紅不紅的，還讓人喚得『紅玉囊』嗎？」秦觀拿起一邊的象牙筷，迫不及待地夾起一顆紅玉囊塞入嘴裡。

但不出一秒就原地跳腳，口齒不清地喊著「好燙好燙」。雖然快被燙死，秦觀卻死都不肯把嘴裡的食物吐出來，只好不斷喊著「好抗好抗」，邊半痛苦半愉悅地嚼著紅玉囊，直到嚥下。

「呼——好、好吃。」秦觀抹去額上被燙出來的薄汗，如釋重負地讚嘆。

「這樣也好吃？」霜玄語氣略帶笑意，皺眉瞪著眼前這詭異的人類。

「當然！」秦觀自豪地挺起胸，又夾了一顆紅玉囊出來。

不過，這次他學乖了，非常細心地開始吹涼它。

霜玄頗富興味地看著眼前的人類，覺得這人類的一舉一動都既詭異又有趣。

「喔，差不多涼了。」秦觀道，轉向霜玄，將紅玉囊湊過去：「來，張嘴。」

霜玄愣了愣，看秦觀一副要餵自己吃的自然模樣，後退了一步，道：「你你你你你幹嘛？」

「什麼幹嘛？」秦觀見霜玄的過度反應，覺得莫名其妙，答道：「當然是餵你吃啊！你不是手受傷？」

一邊正在假裝認真工作的庖役們各個用眼角餘光偷覷他們的陛下，經過剛剛一連串的驚嚇，因而對這種怪異的發展有了一定程度的免疫力。現在他們完全是好奇和看好戲心態。

就見霜玄怔忡片刻，一陣沉默之後，果真吃下了秦觀餵過來的紅玉囊。

厚瓣琴花外皮蒸得很成功，很有嚼勁。紅梅豬肉餡比他想像中更甜，豬肉味全被糖漬花壓過去了。不習慣甜食的霜玄不禁皺起眉頭。

「怎麼樣？」秦觀盯著霜玄，等待感想。

原想說「太甜了」，看見秦觀充滿期待閃閃發亮的雙眼，霜玄硬生生將到了嘴邊的話嚥回去，沉默片刻，改口道：「很……不錯。」

「真的嗎？」秦觀開心歡呼，又夾起一顆紅玉囊，「嘿嘿嘿，不愧是我做的紅玉囊，天下第一美味。」

霜玄斜睨這輕易就驕傲上天的人類，「只不過是『不錯』罷了。」

「你剛剛說的明明是『很不錯』。」秦觀又將箸下的紅玉囊塞給霜玄，「既然好吃就再吃一個。快快快，要趁熱吃才不會失了味兒。」

†

清冷的月高掛空中，黑龍軒幽冷的藍燭搖曳。

霜玄坐在桌案前，看著被秦觀包紮的食指。事實上，這傷根本不必包紮，不消一盞茶時間就會痊癒。而他的傷口也早已痊癒。

他卻不想拆下這人類的包紮。這是為什麼？這人類明明包紮得不怎麼好，有了這

包紮也不方便活動。

看著被過度包紮的食指，霜玄沉默了許久。

或許，他也被人類的複雜感染了吧。

第七章

骨塔馬戈藍市

第七章：愛搭馬夫藍木

「哎——又沒事做了。」秦觀在房裡來回踱步。

早上才餵過雞、澆過水……不如再去一次御膳房？得了吧，這十天下來他不知往那兒跑幾次了。那麼……御花園？黑龍軒？

「唔……算了，今日來吟詩作對好了。」秦觀洩氣地坐下，看著窗櫺外的天空發呆。

聽了秦觀的話，小藍備妥筆墨紙硯，放置於桌案上。

秦觀似無所覺，仍然瞪著窗外的天空發呆。習慣於小主有時會這般陷入沉思，小藍兀自走開，到院落中抱起最鍾愛的那隻茶色母雞，玩起你不看我我偏要讓你看的遊戲。

玩了一會兒，卻聽見屋內傳來劇烈的嗽聲，小藍趕緊放開茶色母雞，衝回屋內問道：「小主！怎麼了？」

秦觀摀著胸口又咳了一陣，一會兒才抬起頭，繃著嗓笑道：「沒事兒，別窮緊張，只是喝茶嗆到。」

確定秦觀沒事後，小藍仍不放心，待在一邊緊張地盯著秦觀瞧，沒多久就被秦觀推去院落裡要他乖乖和茶色母雞玩，別再這樣盯著他。

把小藍支開後，秦觀才鬆了口氣，攤坐在雕花木椅上。摀著陣陣發疼的胸口，秦觀喃喃道：「沒想到還有這種副作用啊……爺爺怎麼從來沒提？」

嘆了口氣後，秦觀再度望向窗外。天空藍得沒有一絲雜垢，廣闊無邊的藍一直延伸至遠方。

「哎，好悶啊……真想出去走走。」秦觀趴在桌案上，用食指戳著狼毫筆的筆尖，絲毫沒有想吟詩作對的興致。

「你想出去？」身後突然傳來那陣熟悉的冰冷嗓音。

秦觀愣了愣，趕緊回過頭，發現霜玄就站在他身後，面色一如往常的冰冷。

「你想出去？」霜玄又問了一次。

「呃……也沒有，待在這兒挺不錯的……」秦觀怔怔答道。

霜玄瞇起一雙墨灰色的眼眸，冷聲問道：「你到底想不想出去？」

秦觀只好誠實答道：「想想想想想……」

霜玄沉默。就在秦觀以為霜玄的下一個動作是要把他斃了的時候，霜玄卻啟唇道：「走吧。」

秦觀呆住，愣愣問道：「去、去哪？」該不會是上龍頭斬吧？

「你來不來？」霜玄緊皺著眉頭，停下腳步。

「是是是，當然來。」秦觀趕緊跟在霜玄身後，走出了墨玉軒大門外。鎮日悶在這個小院落裡，即使沒事找事做的能力高強如他，悶了這麼久也快被悶壞了，能出去走走他當然求之不得。

霜玄領著秦觀穿過墨玉軒院落，接著又穿過了整座龍王殿，又七迴八拐地穿過了約莫兩三殿，才抵達一座高聳的塔樓。

塔樓的琉璃瓦墨中泛青，蟠龍柱上雕著一種怪異的野獸，似鳥似龜又似豹。塔樓上的匾額寫著兩個大字：天塔。

正在端詳這座塔樓時，霜玄拔下一根頭髮，那根髮絲在掌中逐漸變成一片漆黑如墨的龍鱗。

秦觀看著這神奇的一幕，還在驚訝當中時，霜玄就將手中的墨色鱗片交給秦觀：「將這個貼在離宮上。」

「什、什麼？」秦觀瞠大雙眼，接下鱗片。掌中的墨色鱗片約莫是他的拇指指甲那般大小。

「頂著人類的氣味去，即使有我坐鎮，稍一閃神你也會立即變為盤中飧。」霜玄皺眉道，「快貼在離宮上。」

「離宮？」換秦觀皺起眉頭了。

「上丹田為神宮，中丹田為離宮，下丹田為坎宮。離宮即為膻中，胸口中央的位置。」霜玄看似不耐煩，解釋得卻很詳盡。

「喔……」秦觀點點頭，握著手中的鱗片，另一手則遲疑地抓著領口：「一定……一定得貼在膻中上嗎？」

霜玄正想回答「當然」，在看見秦觀抓著領口的左手時，想起秦觀左胸口上布滿傷疤的印記。沉默片刻後，霜玄改口道：「貼在神宮也行。只要是氣匯集之處，就能掩去人類氣息。」

「神宮位於兩眉之間。」霜玄補充道。

「那麼就神宮吧！這樣比較方便。」秦觀笑道，看似什麼也沒發生，心底卻對不必拉開衣領鬆了口氣。果然……自己對此還是介懷啊……秦觀不自覺地搗著胸口。一會兒才回過神，將黑色龍鱗貼在神宮上。

縱然沒有任何黏著劑，那片墨色鱗片卻緊緊貼在秦觀額上，絲毫不必擔心會被風吹落。

「真的有差嗎？」秦觀好奇地嗅了嗅自己身上的味道，卻不覺得有什麼差別。

霜玄俯身，湊近秦觀頸側嗅聞。「當然。珍饈的氣味消失無蹤了。」呼息吐在秦觀頸側，搔得秦觀癢癢的。

「珍饈？我算是珍饈嗎？」秦觀興味富饒地問。

霜玄離開秦觀頸側，冷哼了聲，「少得意了，還比不上本王的晚膳。」

「這麼說……意思就是雖然比不上晚膳，但是比早膳和午膳美味囉？」秦觀咧嘴。

「你到底去不去？」霜玄道。

「去去去，當然要去。」秦觀趕緊喊，不再爭論自己有多美味，就怕霜玄回心轉意不帶他出去玩了。

霜玄一彈手指，塔樓的大門應聲而開。秦觀跟在霜玄身後走了進去。

塔樓裡的採光充足，亮得和室外沒兩樣。只見地面正中央，放置著一只幾乎佔滿整座塔樓地板的巨大鳥巢，鳥巢還散發出檀木香氣。

秦觀好奇地四處觀看，卻沒發現有任何通道或出口，也沒有樓層與樓梯，彷彿一根煙管似的。

「喳嗯——！」一陣嘹亮的叫聲從上方傳來，秦觀只感覺到一股強風，直覺地閉上了雙眼。

睜開眼時，眼前的鳥巢裡已出現了一隻詭異的生物。

牠有著鳥一般的臉孔，前方是巨大的寬闊鳥喙，一雙眼睛彷彿燃著火焰，瞳孔如貓一般細長。巨獸全身呈現青色，尤其是寬闊平坦如平龜殼的背部，上方的獸毛如同青草一般翠綠。巨獸的眼睛下方與四足都有著獵豹一般的花紋，尾巴細長，最末端生著一團毛球，看起來像青草團一樣。

牠的背上生著一對巨大的羽翼，呈墨綠色，與頸部的翎毛同色。

巨獸眨了眨眼，好奇地湊近秦觀，嗅了嗅。嗅完後，驚訝地瞪大眼看著秦觀，又看了一邊的霜玄，表情十分困惑。

霜玄伸出手，手掌一翻，掌中出現一只晶瑩剔透、有一個人頭那麼大的冰塊。

巨獸開心地猛力搖晃身後的綠色尾巴，一口吃掉霜玄掌中的冰球，咬得嘎喳嘎喳響，表情十分滿足。

吃完冰球後，巨獸伏下身，將一邊的翅膀往他們的方向傾斜。

「牠是……一種鳥嗎？」秦觀盯著眼前搖頭晃腦的大眼巨獸。

「青鶴貚。」語畢，霜玄翻身跳到巨獸背上，對秦觀道：「上來吧。」

秦觀費力地攀上青鶴貚傾斜向他的翅膀，但那雙翅膀實在太滑了，他怎麼爬都爬不上去。

霜玄嘖了聲，伸手一撈就將秦觀撈到青鶴貚背上。

「抓好了。」霜玄道。他俯身在青鶴貚臉頰邊說了些什麼。

「喳嗯——！」青鶴貚長嘯了聲，渾身的毛髮如被風吹動的青草般無風自飄，火焰結晶一般的眼睛閃過一絲光芒。

秦觀剛抓好青鶴貚背上的獸毛，青鶴貚振翅騰空而起，直直往塔上方飛，速度快得讓秦觀感覺全身的皮肉都要被地心引力拉走了。

快要撞上塔頂天花板時，青鶴貚猛地旋身，自一旁的窗口振翅而出。

「喳喳嗯——！」接觸到新鮮的空氣，翱翔於高空中，青鶴猙又開心地長嘯了聲，舒服地伸展雙翅，享受沐浴於風中的快感。

秦觀就沒這麼舒爽了。因速度過快，他的身體像風箏一樣在空中飄蕩，他緊抓著青鶴猙背上的綠毛，就怕一失手摔成肉泥。

霜玄倒十分自在，盤坐在青鶴猙背上，雙手甚至連碰都不必碰到青鶴猙，一隻手撐在膝上，另一手放在腿上。霜玄尖耳上的金飾被風吹得發出敲擊脆響，不時還會撞上那對角。

對於金飾敲擊聲，霜玄不甚在意，甚至覺得十分享受這種聲響。

霜玄回頭看了看秦觀的狀況，發現秦觀模樣悽慘，幾乎快變成人肉風箏，霜玄蹙起眉，回身抓住了秦觀衣領，將秦觀拉了過來，讓他坐在自己身前。

背靠在霜玄身上，秦觀終於得以不必擔心會被強風吹走，驚魂甫定地喘著氣，因方才肌肉過度緊繃，許久才讓呼吸恢復正常頻率。

不必擔心被風吹走後，秦觀的玩樂天性又上來了。他睜大眼睛，驚奇地看著身邊蔚藍的天空，以及時不時飛過肩膀的雀鳥。一會兒，膽子大了些，秦觀開始往下俯瞰大地。

又過了一會兒，秦觀根本連害怕是什麼都忘光了，興奮地指著地面問東問西：「那是什麼！是山嗎？怎麼會長得像突出來的田間小徑？」他指著地面漁網狀橫豎交錯的山脈。

「那是格子嶺。」霜玄回答。

「那個呢？那座圓圓的山！」秦觀又指。

「那是甕山。中空的。」霜玄也看向那座山。

「中空的山？太玄了！」秦觀興奮地瞪大眼，「那邊那個呢？那是山還是湖？」

「觴湖。原先是火山。」

「那裡！天啊！好大的樹！」秦觀指著遠方的環狀山脈，山脈中央長著一棵傾斜的巨大樹木，樹幹若橫切足足有一整座村落那麼大。那棵樹木即使傾斜，仍然通入雲霄，可想見若直立起來必定能觸到日月。

「那是環山和斜天松。」

「那邊！形狀好奇怪的湖！」

「裂湖。某次沉眠於地底深處的地龍打了個噴嚏，那座湖就出現了。」

「湖旁邊的那塊河中地呢？」

「黃沙洲。」

「那是什麼！我知道了，那是筷子山對不對！看起來和筷子一模一樣！」

「那是綠柱山。」

「天啊！河流在空中飛！」

「霧川。湘神心情好時就會出現。」

原先是秦觀一人興奮發問，霜玄有些煩躁地一一回答，後來卻漸漸變成霜玄逐一解說給秦觀聽。他發現，他不討厭看見這人類睜大眼睛，雙眼開心地彷彿會發出光芒。

比起哭，他更喜歡看見這人類的這種表情。何況，向秦觀解說令他十分有成就感，因為秦觀總是會對這些霜玄早已習以為常的地景驚訝得張大眼睛和嘴巴。

「那是仙鵲嶺。鶴神掌管的仙境，所有土壤都是純白的。」

「那是蛤蟆山。那座山是活的，每天都會出現在不同的地方，偶爾會壓死一些村落。」

「飛花嶺，生滿妖花的迷幻之境。如果誤闖，即使是大妖怪也難逃出生天。」

「孤狐狸丘，上方只有一名妖怪，壽命已超越千年的百尾狐妖。」

「仙足湖，雲朵上的空中湖泊。湖水太多時，會出現瀑布，下方的城鎮會因瀑布而產生暴雨。」

「琉璃海，萬鰭之都，人魚、贏魚，甚至水龍，皆居住於那座陸地上最大的湖泊。當那座湖高興時，湖底會出現數以萬計的琉璃結晶。」

「橋仙臺，琉璃海上方自然形成的巨橋。上方有一座小森林，是水駒的故鄉。」

「蜂山，上方布滿孔洞。百足蟲妖居於其中。」

「紅幕，即使是具有全世界智慧的龍神，也不知道它是什麼、它為何而存在。」

「百翼蟲，天空裡的都市，具有生命，是世界上最大的飛蟲。」

聽著霜玄的解說，秦觀東看西看，根本沒時間眨眼。甚至有會飛的白色魟魚群飛過他們身邊，那些魟魚全身覆蓋著閃閃發亮的羽毛，悠閒地滑翔於空中。

此時，眼尖的秦觀發現遠處矗立著一座泛藍的山：「那座山呢？藍色的山！」

「那是骨塔馬戈山，我們的目的地。」霜玄回答。

「真的？」秦觀興奮得幾乎要跳起來了，他還以為只能在青鶴猙背上兜風，兜完風就必須回去，沒想到竟然能到地面上去玩。「我們要去那裡做什麼？」

「山腳下有一座市集，是附近最熱鬧的地方。那座市集名為骨塔馬戈藍市。」

「骨塔馬戈藍市？為什麼叫『藍市』？」

「骨塔馬戈山只有白天時是藍色的，因此白天的市集稱為『藍市』。夜晚的市集則稱為『銀市』。到了夜晚時，骨塔馬戈山會和月亮一樣變成銀色。」

霜玄說完這句話時，青鶴猙已飛到了藍市上方。牠先是在上空盤旋了兩圈，接著猛一縮頭，俯衝而下。

秦觀再次有種全身的皮肉都要與骨架分離的感覺。

青鶴猙安全降落，地面掀起一陣沙塵。青鶴猙抖了抖翅膀，也晃了晃身體，脖子上的翎毛歙動，看樣子對這次的飛行十分滿意暢快。

牠伏下身，將一邊的翅膀傾斜至地面。在秦觀反應過來前，就被霜玄拎著領子抵達地面了。

秦觀踏了踏嚴實的地面，如釋重負地吁了口氣。當他抬起頭時，發現周遭奇形怪狀的生物皆睜大眼睛看著他們。先是一陣竊竊私語傳來，接著所有妖怪竟在同一時間跪下。

秦觀嚇了一跳，霜玄則是不耐煩地嘖了聲，不理會那些下跪的妖怪，而是回頭對青鶴獼說了幾個字。

青鶴獼開心地抖了抖，長嘯一聲後振翅飛起，在高空盤旋了兩圈後，消失在遠方的天空。

青鶴獼離開後，霜玄才轉過身，對秦觀道：「走吧。」其間眼光絲毫沒有停留在一旁下跪的群妖身上，彷彿他們只是路邊一排雜草。

秦觀趕緊跟上霜玄的腳步，盡量忽略旁邊群妖投來的目光，開始研究起這個地方。現在還未看見商鋪，他的左手邊是那座通體呈藍色的骨塔馬戈山，右手邊則是高低起伏、一望無際的沙丘。

他們正走在一條大道上，地面鋪的不是石板，而是半透明如寶石的磚塊，上方篆刻著如咒語一般的文字。

走了沒多久，四周的妖怪已不像剛開始那般瘋狂下跪了。因為青鶴獼不在身邊，霜玄又刻意壓抑妖氣，其餘妖怪才沒辦法那麼明確地知道霜玄的身分。

秦觀這才敢偷覷旁邊行走與吆喝的妖怪。大部分的看起來都不像人類，但其中某部分的穿著打扮倒和人類十分相似。

過了一會兒，前方出現了一座和寺廟十分相似的建築，只是裡頭並未放置神像，而且顯得十分陰暗。所有妖怪都往寺廟裡走，霜玄和秦觀也不例外。

走入寺廟後，秦觀發現，寺廟的角落倒吊著一名嬰兒。那名嬰兒十分巨大，直立起來約和他差不多高，身上穿著紅色肚兜，皮膚白皙異常，圓胖的臉上是一對微腫的細長雙眼。

巨嬰就這麼被倒吊在寺廟角落，繩索捆著他的雙腳，同樣被捆著倒掉的還有一隻紅魚，因為和肚兜的顏色相同，等靠近了一些後，秦觀才注意到它的存在。

當秦觀經過那名倒吊巨嬰身旁時，巨嬰猛地睜開了腫脹的細長雙眼，用蒼老殘破的嗓音道：「孰長存焉？諸生長逝。」

細長雙眼間，散發詭異光芒的瞳孔緊鎖在秦觀臉上，又動了動嘴唇，再次道：「孰長存焉？諸生長逝。孰長存焉？諸生長逝。孰長存焉？諸生……」

覺著十分詭異，秦觀跟緊在霜玄身後，並未回頭，直到聽不見那名倒吊巨嬰的沙啞嗓音。

終於出了寺廟，揮別陰暗詭異的氛圍，陽光重新普照大地。

四周的景色不再是寬廣的大道，而變成了熱鬧的市集，四周吆喝與叫賣聲不斷。

兩旁是一座座白頂的棚子，棚子的支柱也是白色的，形狀十分特別，上方同樣刻了一行行符咒般的文字。空中揚著淡淡的沙塵，應當是從右方遠處的沙丘飄散過來的。

秦觀看得津津有味，回過神來才發現，霜玄的背影早已被擁擠的人潮淹沒。糟糕，要是走散了，他可不知道該怎麼離開這裡啊！在妖怪的世界裡，他確信待在霜玄的宮中必定比待在外頭安全。

正想開始找人，秦觀的手卻猛地被抓住，緊張地抬頭一看，秦觀才發現抓住他的竟是眉頭緊皺的霜玄。

「跟好，別走散。」霜玄道。「去哪一攤？」

安心下來後，秦觀的玩樂天性再次佔領他的腦袋，他壓根忘了身旁都是妖怪，某部分還會吃人。他興奮地指著其中一攤飄散出彩色煙霧的攤販，「那一攤！去那裡逛！」喊完，他便拉著霜玄往那座攤販衝。

被秦觀拉著跑，霜玄臉上泛起一股詭異的神色。他此生還沒有被人拉著跑的經驗，他可是黑龍王。他覺得自己此時應該要發難，好好教訓這個無禮的人類，但他似乎不討厭被他拉著跑。

這種矛盾的感覺令霜玄眉頭皺得更深了，片刻後，他決定遵從感覺走，不對這名人類發難。

靠近攤販後，秦觀才發現這兒賣的是一支支煙管，還有煙荷包與長桿煙袋。攤販主人是一隻白色的狐狸，臉上有著鮮紅的紋路。

「魔煙！飛花嶺盛產的魔煙！」白色狐狸喊完，拿起其中一支紅底金飾的煙管，放到嘴邊抽了一口，吐出一陣摻了亮粉的紅色煙霧。

白色狐狸伸出手指，輕輕轉了轉，那陣紅色煙霧立即變成一條紅鯉魚，擺動著尾鰭游到空中，四處悠遊。

「妖精瓶！蜂山的百足妖精，琉璃海的水妖精，蛤蟆山的綠背妖精，環山的松腦妖精，仙足湖的雲翅妖精，甕山的盲地妖精！」一邊傳來了吆喝聲，秦觀聽著覺得有趣，趕緊拉著霜玄往那座攤販衝。

攤販裡擺著好幾座木架子，上方擺滿了大大小小各種各樣的透明瓶子。秦觀第一次看見這麼透明清澈的瓶子，彷彿用水做的。

瓶子裡頭裝著奇奇怪怪的小生物，大部分都擁有翅膀，有些憤怒地在瓶子裡橫衝直撞，有些悲傷地縮成一團，有些則在唱歌。

「妖精瓶！購買妖精瓶，達成您的各種願望！」攤販中的巨大三眼癩蛤蟆喊道。他的三隻眼睛，眼白都是黃色的。他的背上長滿了疣，還流出噁心的黏液。

他用力晃了晃手中的妖精瓶，裡頭的妖精憤怒地發出光芒，癩蛤蟆發出打嗝般的笑聲。

不想繼續在這攤逗留，秦觀調頭往另一攤走。

「骨飾！具有強大法力的骨飾！由千年柏樹的脊骨製成！」

「烤裂湖水蛭！養顏美容的聖品！烤裂湖水蛭！」

「翼魟，馴化的翼魟！豢養一隻翼魟，即使並非翼族也能翱翔於天空！」

「神獸！用有一隻自己的神獸，妖力大增，天下無敵！」

「糖漬腦，浸泡了三十年的糖漬腦！」

「瀑布酒！放在家中，製造一座酒泉！胡馬酒、琉璃酒、獸餅酒！各種各樣的瀑布酒！」

四周的商品與商人琳瑯滿目，令秦觀幾乎沒辦法思考。怕逛不完這些有趣的攤販，他規定自己只能在每一攤前停留個幾秒。

「桂花餅！桂花餅唷！」這陣叫賣聲勾起了秦觀的注意。秦觀趕緊鑽過人群向叫賣聲源頭走去。

桂花餅！這兒竟然有賣桂花餅！繁衡的民間美食！秦觀興奮地四處尋找，卻怎麼找都找不到叫賣聲的來源。

那陣叫賣聲彷彿在遠處，又彷彿在他身邊；像是從前方來的，也像是從四面八方傳來；既清晰，又彷彿水中擊罄般輪廓模糊。

等到秦觀回過神來時，他已經完全和霜玄走散了，桂花餅販卻連個影兒都沒見著。巨大的蜈蚣、兩人高的獨眼巨人、全身被毛髮覆蓋的生物、只剩一顆頭顱的鬼、戴著斗笠的無臉人、寫滿符咒的巨大紙片、矮小的草人，翳鳥、九尾龜、地狼、蟲渠、呲鐵、孰湖、冉遺魚、比肩獸、詑獸、鬒女、牛鬼、橐蜚、姑獲鳥、豪彘、菌人、金華貓、舉父、妒婦津、計蒙、南海蝴蝶、修蛇、刀勞鬼、三屍、猰貐……

四周熙來攘往的妖怪一個個經過他身邊，說著他聽不懂的語言，有的還會以貪黑如狼的目光瞪著他許久才離去。

秦觀突然覺得胸口被人緊緊揪住，呼吸困難。不知道是不是他的錯覺，那些妖怪看他的眼神，和以前村子裡其他人看見他胸口印記時的神情如出一轍。

秦觀直覺地緊抓左胸口的衣物布料，強自鎮定精神，希望能穩住紊亂的呼吸。

「你這個怪物！」一陣叫喊深深刺穿了秦觀的心臟。

秦觀顫顫回頭，眼前卻一片空白。等到視線恢復後，秦觀發現那陣叫喊並不是針對自己，而是一名小男孩。

一群背上長著翅膀的小孩圍著一名小男孩，不斷朝他扔去石頭。小男孩緊縮成一團，雙手抱著頭，任由石子一顆顆打在背上、手臂上。

「明明是翼族，為什麼你沒有翅膀！」一名長著翅膀的小孩從地面撿起石塊，重重扔向縮瑟於中央的小男孩。

「你不配當重明鳥，你為村落帶來災厄！」

「山林的作物枯萎了，都是因為你！」

「你的翅膀一定是被山神折斷的，因為你是災厄！」

緊縮在中央的小男孩沒有哭，也沒有向旁人求救。一邊的妖怪，有些十分欣賞這幕景像，有些則鄙夷地看了他們一眼，從旁繞路而去。

秦觀緊揪著胸口，感覺肺部的空氣全都被抽光了，他只能喘著氣蹲下，設法讓些許氧氣回到肺裡。

「怪、怪物！」

「你和你爺爺一樣！」

秦觀猛地一搥地，拚命甩頭，希望能甩去腦中響起的聲音。

他站起身，朝那群小孩走去，擋在緊縮成一團的小男孩身前，不再讓石頭打到他。

「你這傢伙搞什麼啊！」帶頭的翼族小孩怒喊，質問秦觀。

旁邊的翼族小孩則拉了拉帶頭的衣袖，指向秦觀額上的那片黑龍鱗，表情除了戒慎之外，還透出幾分恐懼。

原本還在扔石頭的小孩發現事態不對，一個個鑽進人群中跑了，帶頭的那名小孩也不例外。

秦觀回過身，看向那名縮成一團的翼族小孩，輕聲問道：「沒事吧？」

原本還在顫抖的小男孩緩緩抬起頭，瘀青的雙眼盈著淚水，愣愣地盯著秦觀瞧。

「有沒有哪裡受傷？」話才剛問出口，秦觀就覺得自己的問題十分蠢，因為小男孩幾乎全身都是傷。

但小男孩卻只是怔怔地搖搖頭。

秦觀動了動嘴唇，希望能告訴小男孩不再受苦的方法，卻怎麼想也想不出來。沉默片刻後，秦觀拍拍小男孩的頭頂，最終只能擠出這麼一句話：「快回家去吧。」語畢，秦觀站起身準備離去。

在轉身欲走時，他的衣袖卻被拉住了。回頭看，才發現是小男孩拉住了他的衣袖。

「怎麼了？」秦觀問道。

小男孩朝他露出微笑，又拉了拉他的衣袖，指向旁邊的道路。

「要我跟著你嗎？」秦觀問道。

小男孩點點頭，仍舊掛著笑容。

持疑片刻，秦觀邁出腳步，跟隨小男孩的步履走向那條道路。

那條道路夾在兩棟黃土建築物之間，十分狹窄，也十分陰暗。陽光幾乎無法照入這條小巷，四周散發出輕微的霉味。

在小巷子裡才走了幾步，小男孩便停下腳步。

秦觀跟著停下腳步，正疑惑時，小男孩轉過身來。他臉上的笑容十分詭異，幾乎咧到耳後，原先可愛的大眼變得全黑，失去了眼白。

小男孩的臉孔扭曲，漸漸變成一只面具。原先矮小瘦弱的身形不斷抽高，變成成年男子的體形，身上破舊的粗布衣裳變成一襲青色寬袍，背後甚至展開一對巨大的青色羽翼。

面具的額頭處，有著一枚銀色鳥類展翅的印記，正微微散發出光芒。

青袍男子右手猛地伸出銳利的青色指甲，緊緊扣住秦觀的脖子，將他壓到黃土牆面上。

「人類啊，愚蠢的人類！你的內心滿是空隙……而任何一條裂隙，即使再微小，都能令你的靈魂碎裂。」男子發出笑聲，面具後方沒有眼白的純黑眼眸中透出鄙夷。

被掐得喘不過氣，秦觀雙手摳著青袍男子緊扣他脖頸的手，希望能將之拔開。

「我不懂堂主為何要我來取你性命，這種事無需經由我手，即使是弱小的雎鳩也能輕易勝任。」青袍男子微微瞇起眼，「你這等懦弱的生物，也能解開黑龍王的詛咒？」

秦觀開闔著嘴想吸入空氣，氣管卻被青袍男子緊鎖住，一絲空氣也無法通過。

「我們不會讓天下歸於黑龍王麾下，更不會讓他的詛咒被解開……」青袍男子另一手的指爪如勾，高高舉起，對準秦觀的心臟。

秦觀咬牙，猛地踢向青袍男子腹部。在男子因驚訝而鬆手時，秦觀顧不得脖頸與肺部的疼痛，邊用力吸氣邊往巷子外頭衝。

就在快要衝出巷子時，一抹青色身影擋住了他的去路。

「該死的人類……」青袍男子身後的羽翼微微顫抖，手上的指爪再度伸長，反射著詭異的青光，面具後方原先全黑的雙眼，逐漸泛起凝固鮮血般暗紅色的光芒。

秦觀只覺得眼前出現了青色、暗紅，以及一整片黑暗。

第八章

西堂

第八章：西堂

當霜玄回過神時，身邊的秦觀已消失無蹤，取而代之的是川流不息的人潮。霜玄微微瞇起眼，墨灰色瞳眸裡閃過一絲寒芒。

那名人類……秦四海的孫子，該不會是藉機逃跑了吧？從他，黑龍王的眼皮底下溜了？

周身泛起霧狀寒氣，霜玄眼中寒芒更勝。

周遭許多妖怪發出不安的尖叫，開始往反方向逃竄。

此時，一股氣息猛地刺入霜玄額間。霜玄瞳孔一縮，渾身一震，立即拔地而起，足尖往商販棚頂上一點，避開底下的人潮，直直往氣息源頭前進。

那不是普通妖怪。那陣噁心的氣息……是白鵺鸞。霜玄臉色越發糟糕，速度加快，下方的妖怪根本看不見他的身影，只覺得上方吹起一陣強風。

當他在巷口站定時，出現在眼前的是那名人類倒下的身影。鮮血染滿他素白的長袍，左半身一片殷紅。

霜玄覺得腦袋瞬間空白了一陣，眼前的畫面、周遭傳來的聲音，都彷彿幻影，籠罩一層水霧。

當青袍男子五指如勾，準備奪取秦觀心臟時，霜玄總算回過神來。他原本墨灰色的瞳眸泛起一陣陣暗紅，右手指爪伸長，抓向青袍男子胸口。青袍男子口中吐出一口血沫，向後倒去。

來不及給青袍男子最後一擊，霜玄便蹲下身，想扶起倒在血泊中的秦觀，卻發現自己的雙手正微微顫抖著。

「……秦觀？」霜玄低聲道，小心翼翼地扶起秦觀。

秦觀雙眼緊閉，面色蒼白，嘴角噙著一抹血絲，左半身被鮮血染紅。

霜玄探向秦觀脈搏，發現還有氣，趕緊拉開秦觀衣襟檢視傷口。傷口並未傷及心臟，而是深入左肩。

霜玄這才鬆了口氣，感覺全身的力氣都被抽光了。

「人類……是人類鮮血的香氣……」周遭的妖怪受到秦觀血腥味吸引，陸續聚集於巷口。

「我想要吃他的心臟……」

「眼珠……眼珠的妖力最強……」

群妖們眼中閃爍著貪婪的光芒，一個個露出了獠牙與利爪，緊緊盯著滿地的人類鮮血，以及霜玄懷中的秦觀。

霜玄眼中泛起紅光，周身寒氣倏起，回頭看向周身那群雜妖。

「我現在沒空殺光你們。滾。」霜玄沉聲道，冰冷的嗓音迴盪整座市集。

「咿！黑、黑龍王！」群妖間冒出此起彼落的尖叫，開始朝市集外逃離，有腳的用跑的，有翅膀的則立即展翅飛離。

輕輕放下秦觀，霜玄走向倒在地面的青袍男子，揪住他染血的髮絲，將他從地面拎起。

看見面具上方散發銀芒的印記，霜玄臉頰上開始浮現一片片龍鱗，眸中血光更盛。

霜玄湊近那枚印記，瞳孔泛紅，啟唇道：「白鵺鸞，你在聽吧？」霜玄微微瞇起眼，兩側的黃土牆開始結冰，發出霹啪霹啪的碎裂聲：

「這張戰帖，我收下了。」

†

冰冷的月輝穿過窗櫺，灑落於霜玄房內。

坐在桌案前，霜玄緊皺著眉頭。他無法理解自己當時的感受。當他發現那名人類倒在血泊中時，腦中第一個出現的念頭竟然不是解咒，而是害怕這名人類將永遠消失。

他應該擔憂的是「詛咒有可能沒辦法解除」才對，為何……

「陛下萬安。」金鷲、銀寒走了進來，屈膝行禮。

霜玄回過神，看向兩人，沉默了片刻後，道：「殲滅白鵺鸞西堂。」
金鷲眼中閃過一抹光芒，嘴角微微泛起笑意，問道：「多少兵力？」
「不必。你們兩個去就行。」霜玄放下手中茶杯。
「謝陛下抬舉。」金鷲抱拳行禮，眼底笑意更盛。

†

廳堂上方掛滿白色布幔，樑柱白底飾金，上座後方寫著「西」一個大字。廳堂四周皆點滿散發銀光的蠟燭，立於約有一人高的燭臺上。
坐於上座的人戴著面具，面具上方同樣有著一枚銀色印記。
「你們來做什麼？」西堂主問道，聲音自面具後方傳出。
銀寒並未回答，只是沉默立於一邊。
金鷲向前一步，有禮地微笑道：「取走陛下寄放在這裡的東西。」
西堂主低笑了聲，低沉的笑聲迴盪在廳堂內：「喔？黑龍王會在這裡寄放什麼？」
金鷲微微一笑，柔聲道：「您的人頭。」
銀寒身影一晃，轉眼已抵達西堂主身前。面具後方的雙眼驚恐地睜大，顫顫的嗓音傳出：「你、你們豈敢……我可是白鵺鸞大人的……」

嗖的一聲，連鮮血都來不及流出，西堂主的頭顱便落至地面。

地面，西堂主的口中邊噴出血沫，邊惡狠狠地瞪著金鷙與銀寒：「滅……滅了我西堂……還有北堂、南堂、東堂！白、白鵺鸞大人不會放過你們……」

西堂主還來不及將話說完，金鷙僅微微一抬手，銀寒便一腳踩向西堂主的腦袋。

噗嘰。

銀寒身影一晃，回到了金鷙身邊。周遭的銀色蠟燭盡滅，廳堂陷入一片墨汁般濃稠的黑暗。

「失禮了。」金鷙微笑，抱拳向空無一人的上座行禮，轉身離去。

†

耳邊傳來規律又柔和的聲響，植物清香盈於鼻間，秦觀有種彷彿置身於溫水中的舒適感，緩緩睜開雙眼。

「醒了？」一陣溫和嗓音響起。

秦觀茫然地轉頭，想看向發聲處，卻因脖頸的動作而左肩一陣刺痛。疼得瞇起眼，秦觀咬了咬牙。

「別動，傷口正在癒合。」拉開椅子的聲響傳來，接著是一陣腳步聲，直到他床畔才停止。

待疼痛稍微和緩後，秦觀抬眼，看向床邊的人。

他有著一頭象牙白的頭髮，金色眼眸像是金磚融成的，兩耳上掛滿了各式金屬耳環，從髮間隱約能看見額頭上似乎纏著繃帶，身上穿著近似於漠下一帶的衣物，十分寬廣的領子卻向外翻。

「你是……」看著眼前掛著溫和微笑的男人，秦觀迷迷糊糊地問。

「白，單名一字白。我是華引——照你們人類的說法，即是『大夫』。」男子微笑，轉身向後走去，搬了一張雕花木椅至秦觀床畔坐下，手上還拿著藥缽。

秦觀低下頭，發現自己胸口及左肩纏滿了繃帶，繃帶還隱約散發出藥草清香。

「我到底是……」秦觀皺起眉頭，疑惑地問。

「不記得了嗎？」白眨了眨眼，一頭象牙白的髮絲在陽光下彷彿打磨過的象牙雕飾般閃耀。

秦觀搖搖頭，接著微微蹙起眉。隱約記得一些片段……他和霜玄坐上一隻大鳥，飛到了妖怪市集……唔……

「你被白鵺鸞的手下襲擊了。所幸傷口避開了心臟，只傷及左肩。」白捧著藥缽，動作優雅地磨著藥草。

秦觀這才發現，方才睡夢中聽見的規律柔和聲響便是磨藥草的聲音。

「白鵷鸞？」秦觀問。

「你知道五十年前妖界的狀況嗎？」白反問。

「黑龍王獨霸，無論人界妖界皆生靈塗炭……」秦觀愣愣地答道。

「沒錯。後來呢？」

「黑龍王……被我爺爺封印了九成的力量。」

「妖界一直以來皆分為兩股勢力，其一是黑龍，另一邊則是白鳳——亦稱為白鵷鸞。這兩派千年來不斷搶奪眾妖之首的寶座，紛亂不斷。直至五十年前，這一任黑龍王上任，妖力之強終於得以壓過白鵷鸞，卻又被封印了。白鵷鸞與黑龍的勢力再度持平。」白磨著手中的藥草，將一小搓細小風乾葉片灑了進去。

「所以……白鵷鸞不希望我解開黑龍王的詛咒。」秦觀眉頭微皺。

「沒錯。」白笑了笑，「現下兩族奇間的戰役，伴隨著人間界繁城與煙城的動亂，兩邊的戰火皆一觸即發。不，應該說……已經開始了。」白抬眸看了秦觀一眼。

「那麼……你是哪一邊的？」秦觀有些警戒地盯著白的臉。

「放心，我哪邊都不是。」白攤手，「我只是個四處流浪的大夫罷了。我原本不想攪和其中的……」他聳聳肩。

秦觀這才放下心來。他不怎麼懷疑白說的話，因為若白是白鵷鸞一派的，他在被醫治前，就會是一具屍體了。

「這裡是……」秦觀這才開始環顧四周。

「黑龍王的宮殿。」白回答。

秦觀又四下環顧了一陣，這才又將視線轉回白身上。白看起來不像妖怪，除了那頭象牙色的頭髮，怎麼看都像人類。

壓不下好奇心，秦觀終究還是忍不住開口問道：「白大夫，你是什麼種族的？」

白抬眸望了他一眼，勾唇道：「你說呢？」

秦觀眉頭微蹙，開始認真端詳起白的外表。耳朵很正常，頭上沒有角，嘴裡沒有獠牙，指甲不尖，背上沒有翅膀。

「看起來……不像妖怪。」秦觀神色認真地下了結論。

白失笑，伸手揉了揉秦觀的頭，笑道：「謝謝誇獎。」語畢，他自腰間解下一只葫蘆，將裡頭的液體倒入藥缽，和藥粉混合在一起，再將手中的藥缽遞給秦觀：「來，把這個喝了。」

秦觀接下藥缽，仰頭將裡頭的草藥全數飲盡。味道並沒有他想像的苦，反而透出一股清甜。

將藥缽還給白，秦觀抹了抹嘴，問道：「白大夫，我的傷……很嚴重嗎？」

「說輕不輕，說重不重。即使並未傷到心臟，沒有生命危險，左肩要痊癒最少還必須兩個月。」白起身，將空了的藥缽放回桌案上，這才走回床邊坐下。

秦觀低下頭，右手輕輕撫過身上的繃帶，陷入沉思。

「不過……最嚴重的，應該是心臟上纏繞的咒術吧。」白低聲道。

秦觀轉頭看向白大夫，臉色泛白，右手緊緊按著左胸，肩膀微微顫抖。

「放心，我沒有和黑龍王說。」白拍了拍秦觀的頭。

秦觀沉默片刻，雖然仍咬著下唇，但肩膀已不再顫抖。許久，他才敢開口問道：「為什麼……不說？」

「我說過了啊，我哪邊都不是。我不會幫任何一邊。」白聳聳肩，「我只是照他的要求——治好你，不會做其他多餘的事。」

秦觀沉默。

「——雖然這麼說，但身為一名華引，我還是必須告訴你……」白收起笑容，金色眼底透出嚴肅。「再這樣下去，你會死的。」

秦觀纖長的睫毛微顫，並未答話。

「那道符文會越綑越緊，最終……」不再說下去，白嘆了口氣，攤手道：「嗯，算了。你已經下定決心了就好。」

「……還能撐多久？」秦觀仍然低著頭，右手緊壓著左胸。

白沉默片刻，才道：「最多……兩年吧。」

「兩年嗎……」秦觀喃喃道。隨後，他抬起頭，朝白露出笑容，「謝謝，兩年已經很足夠了。」

†

夕陽斜斜掛在天邊，把所有雲都融成了晚霞，燒得天空嫣紅熾熱。地面的樹影被向晚的斜陽拉得長長的，萬物都被鑲上了一層金邊。鵲鳥的剪影印在夕陽上，歸返遠方的家鄉。

門扉開啟，白從裡頭走了出來。象牙白色的髮絲在夕陽照耀下，彷彿鍍了金。

在長廊上行進沒有多久，白就碰上了迎面而來的霜玄。白稍稍行了個禮，霜玄便道：「他的狀況怎麼樣？」

「十分穩定，約莫兩個月就能痊癒。現下在房內歇著，睡得很熟。」白答道。

「是嗎……」霜玄垂眸。墨黑的髮絲鑲了金，冰冷的眼底也染上了夕陽，泛著一層溫暖的薄暮。

「傷口的草藥與內服藥，我都已經交代好了。」白整了整背上的藥箱。

霜玄點點頭，往秦觀房間走去。

白佇立在原地片刻，突然轉頭道：「霜玄。」

霜玄停下腳步，回頭看向白。

白遲疑地動了動嘴唇，最後才道：「人類的生命……很短暫。」

眼底閃過一抹不同於平常的情緒，沉默了許久，有些沙啞的嗓音逸出霜玄唇間：

「……我知道。」

第九章

梅園

第九章：梅園

「現在明明才秋天……怎麼就那麼冷啦？」秦觀對著凍得微紅的雙手呵氣，抬頭望向飄著細雪的白色天空。低下頭，重新抓緊竹耙，秦觀費力地將地上的積雪耙到一邊，空出一條道路。

「這兒真奇怪，什麼時候都冷得要命，氣候活像徜北那兒似的。」秦觀邊耙雪邊埋怨，口中吐出一團團白霧。

「是嗎？我倒覺得這樣剛好。」

後方傳來熟悉的嗓音，秦觀回過頭，不意外地看見霜玄就站在他身後。

「哪裡剛好了，冷得能把冰塊凍死。」秦觀翻了翻白眼，將竹籬旁最後一團雪耙乾淨，這才將竹耙擱在一邊，走到屋簷下，自雜物堆中取出毛毯。

「不是該休養嗎？怎麼又開始忙和了？還是在這種下雪天。」霜玄蹙起眉，看著忙東忙西的秦觀。

「都三個月了，早就好啦！」秦觀咧嘴笑道，重重拍了拍左肩，拍下雪塵無數。

看著秦觀凍紅的臉頰、鼻頭和雙手，霜玄蹙起眉。最終，問道：「要不要去賞紅梅？」希望這個提議能讓秦觀消停一會兒，別在這種大冷天忙得團團轉。

果然勾起了秦觀的興致，「賞紅梅？這兒有紅梅？」秦觀驚訝地睜大眼，望著霜玄。

「這兒什麼都有。」霜玄略顯驕傲地冷哼了聲。

秦觀翻了翻白眼，反駁道：「胡說。這兒就沒有煙迴九品。」

「到底去不去？」霜玄蹙眉道。

「去去去，當然去。」秦觀趕緊道。真是，每次說不過他都用這招。「等等，我先去替雞窩保暖。」

「那種事交給小藍就行了。」霜玄皺著眉頭，雙手環胸。

「他去膳房拿穀粒，之前拿的已經被你家那隻鳳凰偷吃光了。」秦觀聳聳肩。

「難怪你能在這兒忙和。」霜玄嘆了口氣。

「當然要趁這時候活動活動筋骨了。整日要我休養，躺在床鋪上都快腐爛了。」秦觀抱著毛毯，走到墨玉軒後方的雞舍，清開上方的積雪，將毛毯鋪好，覆蓋住整座雞舍。

處理好後，秦觀拍了拍手上的塵埃，拉好滾了兔毛邊的衣領，興奮地道：「好！咱們去賞紅梅吧！有胭脂酒和紅梅糕、紅梅餅、紅梅酥吧？」

「你到底是去賞梅還是吃梅？」霜玄哭笑不得地反問，一會兒才道：「有有有，都讓人備好了。」

†

「呼哇——賞紅梅果然就是要配上胭脂酒！」秦觀將酒杯重重敲上桌面。

「你什麼時後都是要配胭脂酒。大病初癒，只准喝一甕。」霜玄蹙眉道。

「什麼？至少得三甕！」秦觀不滿地喊道。

「一甕。」

「兩甕半！」

「一甕。」

「兩甕！」

「一甕。」

「一甕半！」

霜玄嘆了口氣，「好，就一甕半。」

秦觀嘿嘿兩聲，抓起一塊紅梅糕塞入口中。邊嚼還邊讚嘆道：「唔，這兒的紅梅糕比人類做的還好吃。」

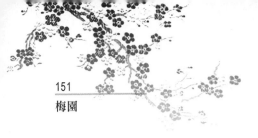

「當然。」霜玄冷哼了聲。

「行了吧你。」秦觀翻了翻白眼，「話說，都半年了，那道題你想出來了沒？」

「題？」霜玄蹙起眉。

「我剛入宮時出的那道謎題啊。」秦觀喃喃唸誦道：「盡而後生，實而後虛，盛而後衰，暑而後寒。」

霜玄沉默，兀自陷入沉思。

嘿嘿，他這題可出得真好，讓偉大的黑龍王半年都想不出答案。換秦觀在一旁得意起來了。

雪已經停了，地上的積雪仍然很厚。秦觀與霜玄坐於紅梅樹林中央的亭子裡，四周皆是艷紅的梅花，取代白雪飄散於空中。

地面素白的積雪染上梅花的紅，顯得溫暖又艷麗。隔著亭子纖薄的欄杆看去，地面的紅梅彷彿和雪一起被囚禁起來。

秦觀一時詩興又上來了，起身往亭子外走去，喃喃道：「今兒個來填闋詞好了。填什麼呢？唔，我背起來的詞譜也沒多少。我看看，〈夢江南〉、〈調笑令〉、〈釵頭鳳〉、〈更漏子〉、〈長相思〉……啊，就〈長相思〉好了。」

秦觀勾起嘴角，踏著滿地的積雪，漫步於紅梅樹林中。

空中再次飄起細雪，混著紅梅一同飄落。空中頓時紅白紛落，既潔淨又妖艷。

「韻目呢……就選個『寒』韻好了。」秦觀眸子燦燦溜轉，自積雪地面撿起一朵紅梅，轉身走回亭子裡。

秦觀時常沒事就要寫首詩、填闋詞，因此亭子裡除了備妥美酒糕點之外，還備妥了文房四寶。

將素白的紙鋪在桌面上，秦觀提筆蘸飽了墨，沉吟片刻寫道：

繡丹縪。雪闌珊。

滿樹彤霞痕露乾，碎紅影欄杆。

霜玄看秦觀又詩興大發，有些好玩地勾了勾嘴角。見秦觀髮上還沾著雪花，霜玄伸出手替認真填詞的秦觀撥去。

撥下秦觀髮上的雪花時，霜玄的手指輕觸上秦觀溫暖的臉頰，不禁停下清理雪花的動作，雙手撫上秦觀臉頰。

填詞填到一半，臉頰就被人捧起，秦觀嚇了一跳，莫名其妙地喊道：「做、做啥？」

霜玄神色認真地盯著秦觀的臉，雙手先是捏了捏秦觀的臉，接著向揉湯圓般左右搓揉，又輕拍了兩下。

「你……你這到底是做啥？」秦觀困惑地蹙起眉。

「啊！」霜玄突然大徹大悟般地喊了聲。

「怎麼啦？」秦觀緊張地問道。

「想到了。」霜玄神色認真地道。

「想到什麼了？」秦觀仍舊一頭霧水。

「謎題的答案。」霜玄這才放開秦觀的臉頰。

「答案？你想出答案了？」秦觀挑眉。這答案是怎麼想的？為什麼必須非禮他的臉頰才想得出來？

「那麼，答案是什麼？」秦觀問道。

「生命。」霜玄答道。

秦觀愣了愣。

「生命知其盡方知其生，肉體腐朽實而後虛，青年至老年盛而後衰，死亡過程暑而後寒。」霜玄道。

「這……答得太好了。」秦觀驚訝地說道。「……其實，我原先預想的答案是『煙』。火焰焚盡而後生，由柴火轉為煙霧實而後虛，回天過程盛而後衰，焰盡後暑而後寒。」

霜玄眨了眨眼。

「但是，你的答案更好。」秦觀摩娑著下頷，攢眉道。

霜玄伸手捏了捏秦觀臉頰，勾起嘴角道：「當然，區區人類怎麼可能贏得過龍。」

秦觀瞪向霜玄，又氣又笑地道：「怎麼，開起染坊來了？」

「人類贏不過龍，這是世間真理。」霜玄下頷微抬。

「何以見得？」秦觀挑眉，雙手環胸。

「不然你隨便出個比賽項目，無論是文是武我都奉陪。」霜玄勾唇道。「如何？這張戰帖，你接是不接？」

「當然！」秦觀瞇眼道。這龍實在囂張了，他就不信沒有一個項目是他贏不了的。

秦觀手指輕敲著桌面，努力思忖他能贏過霜玄的比賽項目。

這個武就不必說了，無論比力氣還是打架，他鐵定都輸。那麼文方面，說實在勝算也不是那麼大，而且如何評斷誰勝誰負也十分具有爭議。

思忖許久，看見身邊黑龍王那勢在必得的表情，秦觀靈光一閃，腦袋動起了歪念頭。唔，既然比武一定輸，比文的也不是一定贏，那麼……看黑龍王這副樣子，說不定挺純情的，何況這頭龍身邊連個宮女都沒有。

秦觀摩挲著下頷，勾起嘴角。

打定主意後，秦觀突然抓住霜玄的衣領，湊上前去，吻住他的唇。

看著眼前驟然放大的秦觀的臉，以及嘴唇上的柔軟觸感，霜玄睜大雙眼，腦袋一瞬間陷入空白。

覺得親得夠久了，秦觀放開霜玄，嘴角微勾，正要調侃霜玄幾句大唱勝利歌謠時，就見眼前僵得如冰塊的黑龍王，臉頰上竟飄上兩朵紅雲。

秦觀愣了愣，驚訝得一時闔不上嘴。眾妖之首，偉大的黑龍王……竟然會臉紅？強自振作精神，秦觀重新掛起笑容，雙手環胸，哼哼兩聲道：「如何？是本山人贏了吧？」

霜玄這才回過神來，看向秦觀。

「還說人類不可能贏過龍，哼哼哼……」秦觀雙手叉腰，揚起下巴，得意地開始唱起山歌：「日落西山，山裡黑幽幽。萬家燈火滅啊，村東的草屋還亮著燈油。屋裡是個誰呀？周家的大姑娘阿秋。燈火幽幽啊，明月鉤鉤——」

勝利歌曲正唱到一半時，秦觀的後腦杓突然被扣住。他只覺得掠過一陣寒冷香氣，還來不及反應過來，霜玄已吻上了他的唇瓣。

秦觀怔忡，因驚訝而嘴唇微啟。藉此空隙，霜玄的舌鑽入他口中，吮吻過口腔內每一處。

秦觀的呼息吐在他臉上，帶著紅梅馨香，感覺很好。霜玄緊緊扣住懷中的人類，唇舌進犯得更深。

換秦觀腦袋一片空白了。這龍……這龍做啥啊！突然間這是幹什麼！秦觀只覺得震驚和惱怒，一時間沒想到霜玄這招叫以其人之道還治其人之身。

本就討厭被束縛，更不喜歡輸的感覺，秦觀的好勝心完全被霜玄點燃了。秦觀一手抓著霜玄的背，另一手則扣住霜玄後腦，開始回擊。

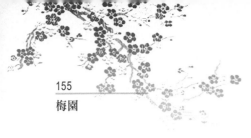

霜玄一愣，沒想到懷中弱小的人類竟會還手。秦觀的舌竄入他口中，溫暖又柔軟，幾乎令霜玄想一口吃掉。

身為龍，還是眾龍之首的黑龍王，霜玄的高傲本性加上不服輸的個性全衝了出來。他緊緊攬住秦觀的腰，另一手鑽入秦觀髮中，更加狂妄地吻了上去。

秦觀還想反擊，但是……他沒氣了。該死！這頭龍不用呼吸嗎？腦袋開始混成一坨糨糊，原先扣住霜玄腦袋的手癱軟鬆開，富有神采的眼眸也氤氳迷濛起來。

察覺到懷中的人類終於不再抵抗，獲勝的優越感差點令霜玄失去理智。但是，他還不想離開秦觀的唇瓣。他開始細細舔吻秦觀的唇，舌頭探入他口中糾纏，滿意地看著秦觀白皙的臉頰凝上一層淡紅、呼吸變得急促、迷濛雙眼裡倒映著他的身影。

秦觀感覺自己有窒息的危險，別過頭避開霜玄的唇，貪婪地吸入微冷的空氣。

不給秦觀喘息機會，霜玄重新欺了上去，再次含住他的唇。

深吻持續了許久，秦觀感覺全身都化成了糨糊，軟綿綿的使不上力，而且極度缺氧。

最後，霜玄終於吻過癮了，自秦觀已些微紅腫的唇上離開。

放開秦觀後，霜玄站起身，「哼！想贏我還早一百年呢，人類。」丟下這句勝利宣言後，黑龍王腳步有些倜促地轉身就走。

愣愣地望著霜玄離去的方向，秦觀臉上逐漸泛起紅暈，最終比四周紛然落下的梅花更加嫣紅。

†

「唉——」秦觀大大嘆了口長氣，手肘支著桌案，懶懶地撐著臉頰，眼光沒有焦距地在窗外流連。

「小主！你怎麼啦？」聽聞嘆氣聲，小藍匆匆抱著茶色母雞跑進屋內。

「小藍啊——」秦觀呆呆地望著窗外。

「怎麼了？」小藍趕緊湊過身去。

「你覺不覺得，那棵樹看起來像紅梅？」秦觀指向窗外一棵樹。

小藍看了看秦觀的手指，再看了看秦觀手指指的方向，看了看那棵高聳的樹，又看了看秦觀的臉，困惑地道：「不……不像啊，小主。那上面連一朵花都沒有，而且那是松樹。」

「是嗎……」秦觀喃喃道，又大大嘆了口氣。

真是的，這到底是怎麼回事？不過就是嘴對嘴兒嘛，而且還是他自己先親上去的，有必要介懷這麼久嗎？秦觀開始訓斥起自己。

但一想到「嘴對嘴兒」，當日的畫面又跳回腦袋裡，秦觀趕緊猛力甩頭，想把那些畫面甩掉。

這時，靈光一閃，秦觀突然了解自己為何會這麼不願想起卻又介懷著那天的事了。因為他輸了！他輸給明明看起來就很純情的黑龍王！秦觀一拍桌面，站起身來。沒錯，一定是這麼回事。他怎麼能輸給那頭龍呢？他的自尊心不容許他就這麼輸了，但他偏偏因為沒氣缺氧而輸，所以他才如此不願回想起來，因為那是羞辱、是戰敗的證據。

「沒錯，沒錯。」秦觀喃喃道，非常贊同自己看法地點點頭。

他光榮的人生譜中頭一次出現這般不堪入目的兵敗紀錄，他當然會這麼介懷、這麼不願想起。而這些羞辱令他對自己感到可恥，自然會因知恥而羞紅了臉。沒錯，不像那頭沒節操的龍，他可是很有羞恥心、嚴以律己的人。

「對，對，就是這樣。」秦觀感動得連連點頭。

「小、小主……你到底怎麼了？」看著秦觀自言自語瘋狂甩頭又拚命點頭，小藍在一旁面露驚恐。

「說得好！」秦觀朝小藍投以讚許的目光，「我到底怎麼了？沒錯，我現在應該好好專注於〈長相思〉上，快快把這闋詞填完。不愧是小藍。」秦觀拍了拍小藍的肩膀，眼中充滿信任與光榮。

「呃……謝謝？」小藍茫然地道謝。

於是，秦觀開始瘋狂地磨起墨來，提筆沾了墨後，卻遲遲無法下筆。唔……

繡丹縴。雪闌珊。滿樹彤霞痕露乾，碎紅影欄杆。

這是上片。那麼下片呢？該寫些什麼？秦觀突然覺得不妙，這可是第一次他詩興全失。這種絕望感襲捲了全身，讓秦觀將嘴對嘴兒、霜玄什麼的全都拋到了九霄雲外。

「小藍，這兒有沒有書齋之類的地方啊？」秦觀放下筆，「要有很多很多書冊，最好是詩集、詞集。」他必須趕快找回他的詩興，要是就這麼江郎才盡，他可不願意。

「書齋……」小藍蹙起眉頭，開始認真思考。

「人類！」霜玄踏入了屋內，臉上的表情仍然帶著侷促，但貌似是下了很大的決心才敢來找秦觀。

「啊！你來得正好！」秦觀走上前去抓住霜玄的領口。

「做、做什麼？」霜玄嚇了一跳，臉頰飄上兩朵可疑的紅雲。

「你這兒有沒有書齋？」秦觀搖了搖霜玄的領口，一副在審問的模樣，把旁邊的小藍嚇得快厥過去。

「書齋？」霜玄蹙起眉。

「要有很多很多書冊，最好是詩集、詞集！」秦觀這才放開霜玄，眉頭緊蹙。

「你要找書齋做什麼？」霜玄整了整被拉亂的領口，一時間竟忘了訓斥這人類的無禮。

「我現在亟需靈感，一定得要讀些書冊潤潤腦子，才能把〈長相思〉寫完。就這麼卡在一半寫不下去，著實令人不舒坦。」秦觀懊惱地抓了抓頭。繡丹縪、雪闌珊、滿樹彤霞痕露乾、碎紅影欄杆……他怎麼就寫不下去了呢？在賞紅梅時，明明就覺得靈感源源不絕啊。

「在東房那兒是有一座書齋……」霜玄道。

「那好，快帶我去！」秦觀喊道，一溜煙衝出門外，不耐煩地在門口等著。「快呀！快帶我去。」

霜玄一愣，眼中閃過不同於平常的神色，一會兒才道：「好好好，你這無法無天的人類。」嘴角竟不經意地勾起淡笑。

†

映入眼簾的是一排排書架，上方放滿各種卷宗、捲軸與書冊。西牆上有幾盞窗櫺，採光明亮且透氣，文房四寶齊備，櫃中有茶具，一邊還有桌案，甚至一張簡便的床鋪。

「哇，這裡的藏書還真多。」秦觀讚嘆，嗅著空氣中瀰漫的陳舊紙張氣味，竹簡散發出的竹香，以及木製品透出的檀木香氣與古老氣味。

「當然，無論是黃金、白銀、珍寶還是書冊，沒有任何地方的收藏比得上這兒。」

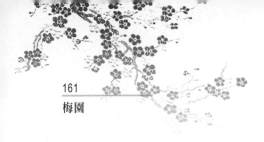

霜玄隨手從架上拿下一本書冊，隨意翻看著陳舊泛黃的書頁。

「秦真之的《墨蓮集》！我現在需要的正是這個！」秦觀興奮而小心地自書架上拿下那本書，吹掉上方的灰塵，咳了幾聲。

書冊泛黃得很嚴重，幾乎每張書頁都是黃的，有幾處線裝的地方已經脫落，紙張邊角脆化，不時會掉下碎裂的紙片，需要很小心翻看。

「上面有重抄本，比較方便閱讀。」霜玄指向上排的書架。

「真的嗎？哪一本？」秦觀將手中的書小心放回架上，抬頭瞇眼搜尋著。

「用黑繩線裝的那一本。」霜玄走上前去，正想伸手幫秦觀拿下那本書時，秦觀便一躍而起，直接抄下那本書。

落地後，秦觀哼哼笑了兩聲，晃了晃手中的書冊，得意道：「哈哈，一勝一負，平手。」這下他總算贏過霜玄一次了。平手！哼，平手的話，他就可以不那麼介懷嘴對嘴兒那事了。

霜玄挑眉，勾起嘴角，「看看你手中的書吧。」

「嗯？」秦觀低頭，將書冊翻回正面。只見上方寫著《猗盧雜編》四個大字。「什麼？！可惡……」

霜玄伸手，輕鬆自書架最上排抽出一本書，在秦觀面前晃著。「兩勝。」書冊上方寫著《墨蓮集》三字，霜玄下頷微揚，「人類，想贏我還早得很吶。」

「嘖！你這傢伙……」秦觀將手中的書塞回書架裡，殺氣騰騰地看著霜玄，「上次我可沒輸！」

「你沒輸？」霜玄驚訝地笑出聲來，「你這人類，不服輸就算了，竟然想唬嚨到本王頭上來。」

秦觀瞇眼瞪著霜玄，「哼，我說沒輸就是沒輸。」

霜玄嘆了口氣，「人類啊，無論你說什麼都沒用，本王得勝是事實，況且區區人類本就無法贏過龍。」霜玄伸出手，欲將手中的《墨蓮集》遞給秦觀。

而他，秦觀，秦四海的孫子，偉大玄術師的後裔，繁城出名的偷拐搶騙專家——不記取前車之鑑，絲毫沒有學習能力，直接抓住黑龍王的領子就給人家親了下去。

第十章
書齋

第十章：書齋

秦觀粉軟的舌探入霜玄嘴裡，吸吮著他的唇。

霜玄仍在怔忡當中。他壓根沒想到秦觀會絲毫不記取前一次的教訓，竟然有膽故技重施。

秦觀心中正打著如意算盤，若趁霜玄不注意時親下去，他就非常可能佔上風。只要在霜玄反應過來之前逃走，不讓霜玄有反擊的機會，那麼就是他得勝！只要他得勝，上一次的兵敗紀錄被撤銷，這樣就可以不再那麼介懷這件事兒了。

想著是時候了，秦觀向後彈開，在霜玄反應過來之前，轉身狂奔。到目前為止，一切都在他的算計之內，除了霜玄被挑起的本性——獵物不逃還好，只要有逃亡的動作出現，必定激發獵食者追捕的本能。

不出一秒，霜玄便出現在秦觀身前。秦觀硬生生撞上了這堵肉牆。

「人類，你自找的。」霜玄舔了舔嘴唇，眼中掠過一抹紅光，猛地將秦觀壓到書架上，扣住他的雙手，狠狠吻上他的唇。

「唔……！」秦觀掙扎著想掙脫他的禁錮，但兩人實力相差懸殊，別說掙脫禁錮逃跑了，就連張嘴換氣都很困難。

糟糕，失算……在秦觀快要糊成一片的腦袋裡，這是最後出現在其中的一句話。

接下來，他幾乎無法思考了。

霜玄啃咬著秦觀的唇，唇舌強硬地探入他口中，舔吻過他口腔內每一處。氣勢之猛烈，彷彿暴風雨摧殘無邊大海裡的一葉孤舟，秦觀根本毫無招架之力，只能被抵在書架上，任由霜玄伸手摩娑他的腰。

覷了個空，秦觀在換氣的同時不忘嘴上不服輸地損他個兩句：「你……你這卑鄙的龍……」邊罵邊將得來不易的空氣吸入肺裡。

霜玄放開秦觀雙手，轉而扣住他下頷，將秦觀的臉扳正，強迫他看向他，湊近耳邊勾唇道：「若要比卑鄙，我還得喊你一聲師父。」

霜玄的氣息吐在耳畔，令秦觀一陣顫慄。「你這……斷袖……龍陽之好……」正想開罵，霜玄卻又堵住他的唇，將那些破碎的字句壓回喉中。

滿意地看著懷中的人類臉頰越發紅潤、雙眼泛起氤氳水光，霜玄解開秦觀素白長袍的盤扣，伸手探入衣內，在秦觀光滑的胸膛上遊走。

被吻了一陣，秦觀竟也扶上霜玄的背，另一手插入霜玄髮裡，柔軟的舌也探入霜玄唇間。

待霜玄離開秦觀雙唇時，秦觀抬起水氣朦朧的眸子瞪了他一眼，臉上緋紅更盛，表情微嗔，咬上霜玄脖頸。

知道秦觀咬的力道並沒有下死手，而是像幼貓撒嬌一般的輕咬，霜玄嘴角勾起一抹笑，挑起秦觀的臉：「人類，你這是在玩火。」

毫不服輸地回望向霜玄，秦觀勾唇道：「誰是火還很難說。」

「有膽識。」霜玄低聲笑道，一彈手指，書房的門便緊緊關上，任誰也打不開了。

俯身啃吻秦觀的耳廓，惹得秦觀發出一聲悶哼。那聲軟膩的悶哼搔得霜玄心癢，唇舌滑向秦觀脖頸，在細緻的肌膚上留下了紅痕。

霜玄的手也不得閒，開始將秦觀白色長袍上的所有盤扣都解開，將領口拉到肩膀下，露出一整片白皙如瓷的胸膛。左胸口佈滿凹凸不平的傷痕，秦觀下意識地伸手遮掩。

霜玄拉開秦觀的手，伸手撫向那些疤痕，一雙銀眸逐漸變得深沉。

秦觀察覺霜玄的眼神變了，認為他定是覺得自己的疤痕難看，伸手欲擋，卻又被霜玄抓住。

這次，霜玄低頭吻向秦觀胸口的傷。

「別……」秦觀想掙脫，將醜陋的疤痕藏起，卻被霜玄抓得死緊。

一條條、一道道傷痕，從左肩上在妖怪市集留下的，直到模糊印記上方各式早已癒合的傷口，霜玄都細密輕柔地吻過。

「為……為什麼……」秦觀低下頭，語調帶著鼻音。

「我就喜歡你這模樣，我就喜歡這些傷痕。」霜玄捏住秦觀下頜，將他的臉搬正，黑眸深深望向秦觀眼底。「你和你爺爺不一樣。你就是你，你和任何人都不一樣，你是我的。」

秦觀怔怔望著霜玄，方才積蓄的淚水自眼角滑落。隨後，秦觀斷斷續續笑了起來，笑聲中有自嘲，也有如釋重負。他是如何知道他心中的癥結？為何能如此輕易地將籠罩在他心上的黑雲抹去？

「沒想到……你這頭龍……」淚水隨笑聲一同滾了下來，滴落在霜玄手上。

霜玄吻去秦觀頰上的淚水，一直吻到眼角，直到秦觀不再流淚。

他再度吻上秦觀的唇，但這次不似之前那般狂妄、急促，而是輕柔緩慢，猶如花瓣落至雪地的輕觸。

霜玄的輕吻從嘴唇、嘴角、耳畔、脖頸，一直延伸到鎖骨、胸口，與胸側突出的一節節肋骨。接著，他將秦觀打橫抱起，走到書房角落的簡便床鋪旁，將秦觀放到床鋪上。

「比賽還繼續嗎？」霜玄輕撫著秦觀臉頰，笑問。

秦觀勾起嘴角，雙手環上霜玄脖頸。「當然，誰是火還未分曉呢。」

「多狂妄的人類。」霜玄低笑，伸手探向秦觀褲頭。

秦觀怔了怔，微微蹙起眉，看起來有些侷促。

「要認輸就趁現在。」霜玄停下動作，一雙黑眸定定望著秦觀。

「就說了，繼續。」秦觀執拗地回瞪他，也伸手探向霜玄褲頭。

霜玄嘴角勾起的弧度更盛，滑入秦觀褲裡，握住雙腿間微微挺立的器官，不輕不重地搓揉撫慰著。

秦觀唇間洩出低喘，臉頰霞紅一片，耳朵也紅得可比胭脂。勉強穩住手，秦觀的雙手鑽入霜玄褲裡，握住那燙人的硬熱。

霜玄加快了手上的動作，指尖不時輕刮過鈴口，使得秦觀顫抖的分身頂端凝出透明液體，幾乎就快把持不住。

緊瞇著眼，秦觀咬著下唇，微微拱起背，腳趾蜷起，床單上多出幾道皺摺。

十分享受秦觀的神情，霜玄俯下身，輕啃秦觀紅透了的耳朵，手上套弄欲望的動作一緊。

「嗚……！」秦觀低吟了聲，腦中一片絢爛的空白，稠液自頂端射出，弄濕了霜玄的手掌。

「你……」秦觀羞惱地咬了咬嘴唇，再接再厲地伸手想再次握住霜玄的欲望。

霜玄卻先一把扯下了秦觀的素白長褲，沾著稠液的指探向秦觀股間，輕輕按壓粉色窄穴的入口，藉由稠液的潤滑伸入了一根手指。

秦觀直覺地要將雙腿闔起，霜玄卻抓住秦觀的右腿膝蓋處，再屈膝壓住秦觀左腿，讓他無法將雙腿合攏。

霜玄伸入第二根手指，緩緩埋入粉色緻穴中，按壓著緊緻的內壁，輾轉拓展。異物侵入的異樣感起先讓秦觀蹙起眉，當霜玄的指開始在他體內開拓時，一股情欲卻猛地自脊髓竄上，讓他腿間頹軟的欲望有東山再起的趨勢。

包覆著手指的粉穴已被開拓不少，霜玄緩緩擠入第三指。窄穴緊緊吸住他的手指，令霜玄喉頭滾動，俯下身輕啃秦觀胸前的突起。

「啊……！」秦觀一顫，緊咬的下唇終於鬆動，驚呼出聲。他胸前的紅萸經霜玄舔弄，已然挺立泛紅，看起來美味得令霜玄必須極力克制自己，才不會將其咬下。

感覺拓展得差不多了，霜玄抽出手指，抓著秦觀大腿根部，勃發的欲望抵住尚未合攏的穴口。

看見霜玄腿間異常的尺寸，秦觀刷白了臉，出聲欲阻止：「等……」第一個字還未說完，霜玄硬熱腫脹的欲望便悉數剌入，令秦觀說到一半的字詞尾音拔高，轉成一陣驚呼。

「嗚……」秦觀艱難地喘著氣，眉頭緊蹙，雙手緊抓著被單，臉頰嫣紅，額上沁出一層薄汗。

霜玄吐出一口白霧，雙手捏住秦觀細白的窄腰，挺身開始在他體內律動。

「啊！慢、慢點……」伸手抓住霜玄的背，秦觀弓著腰，咬牙不讓呻吟溢出唇瓣。

霜玄將秦觀一腿抬到肩上，一手扶著秦觀的腰，深深一記挺進，將秦觀的呻吟逼出唇間。「別閉著嘴……我想聽你的聲音。」

「你這頭……嗚！不、不知廉恥的龍……」秦觀艱難地罵道。一對半瞇的棕色眼眸水汪汪的，襯著殷紅的臉頰與水潤微腫的紅唇，令霜玄看得喉頭發燙。

「豈止廉恥……本王仁義禮智忠孝博愛和平誠信敬業樂群一概不知。」霜玄邪佞地勾起嘴角，惡意一個衝刺深深頂入秦觀體內，享受身下人類的驚呼與融化般的軟膩呻吟。

「不要臉……」秦觀被霜玄的話逗笑了，但這笑持續不了多久又變回呻吟。「你、你這頭龍……臉皮鐵定比城牆還厚……嗚！」即使呻吟不斷，秦觀仍然嘴上不饒人，找到空隙便要將霜玄罵個幾回。

「過獎過獎。」霜玄不但不生氣，還咧開嘴角笑得十分開心，將秦觀的下半身托高，貫穿得更加深入。

「嗚……啊！……」被頂得眼角泛出淚花，秦觀羞恥地摀住臉，咬著唇忍住幾乎要衝出唇瓣的呻吟。

「別遮……」霜玄拉開秦觀的手，不出一秒秦觀卻又重新將臉遮住。微微蹙起眉，霜玄手指一晃，空中便凝出一串水珠，一顆顆水珠逐漸聚成一條水帶，猛地將秦觀的雙手捆住，讓其高舉過頭，貼在床鋪上無法動彈。

「你……你……」秦觀難以置信地睜大眼，用力扭動雙手想掙脫水流聚集成的帶子，卻發現那條帶子柔軟是柔軟，卻像用鋼鐵打成的一樣怎麼也掙脫不開。

「就說了別遮，你自己不聽的。」霜玄邪邪地勾起嘴角，手指緊扣住秦觀柔韌而些微顫抖的腰，一個挺身，深深貫穿他。

「嗚！哈啊……你、你這……喪心病狂……啊！猥、猥瑣淫褻……」沒辦法遮臉，秦觀的羞恥無處發洩，只能罵霜玄罵得更用力。

「對你這人類……的確是如此。」眼角含笑，霜玄伸手握住秦觀挺立的欲望，忽快忽慢地套弄著。

「嗚！」秦觀一雙棕眸水氣氤氳，眼角已凝出淚珠，因前後交雜的快感，理智幾乎被扯成碎片。

僅僅一握，霜玄掌中的柔韌便一陣顫抖，欲望傾瀉而出。

「啊……！」發洩完後，秦觀別開臉，咬著唇，不願正對霜玄。

霜玄一笑，不強迫他轉過頭，而是重重一挺身，逼出秦觀的呻吟。正如霜玄預料，秦觀脖頸支撐不住，最終還是得轉過頭，對著他發出幼貓嗚咽般的呻吟。

戰事持續了許久，秦觀這邊兵敗如山倒，霜玄卻是一兵一卒都沒少，讓秦觀幾乎快崩潰。

「嗚……有完沒完啊你！嗚……」秦觀罵道，腰肢與下腹微微抽搐。

霜玄猛地抽離，只留下尖端在石榴色的穴口裡，接著用力一記頂刺，讓秦觀驚喊出聲，過多的情欲幾乎要決堤。

霜玄加快速度，每一下都直擣深處。欲望如狂濤駭浪般朝秦觀襲捲而來，淚水模糊了棕色雙眸，意識如斷了線的紙鳶被吹到九霄雲外，內壁因承受不了過多的歡愉而陣陣緊縮。

緊扣住秦觀的腰，霜玄倏地將他扯向自己，一記猛力挺身，熱流瞬間爆發於秦觀體內，秦觀的分身也同時軟軟地噴出一道稀淡的熱液。

綁縛住雙手的水帶鬆開，重新變回水珠蒸發於空氣中，秦觀卻絲毫沒有力氣感到高興，只能癱軟在床鋪上。棕色的雙眸微瞇，深棕色的髮因汗濕而黏在頰側，纖薄的胸膛因喘息而起伏著。

剛想放鬆下來休息，秦觀卻發現霜玄埋在自己體內的欲望非但沒有減弱，反而竟有越發蓬勃的趨勢。

秦觀從脊髓一路麻到頭頂，立即翻身攀向床緣想逃離這裡。

霜玄大掌一撈，再度將秦觀壓到身下。「正如你所說，比賽還沒結束，誰是火還未分曉呢。」邪邪一笑，就著秦觀背對自己趴伏的姿勢，霜玄將秦觀下身托起，讓他呈現幼獸一般的姿勢。

「不、不會吧……」秦觀眼角噙淚，雙手緊緊抓著床單。

熱液自一陣陣痙攣的艷紅穴口汩汩流出，從秦觀白皙的大腿一直蔓延到床鋪上。

「你會喜歡的。」霜玄勾唇，貪婪如狼的眼眸盯著秦觀因緊張而抽搐的石榴色穴口，舔了舔唇，扳開秦觀臀瓣，趁艷紅窄穴尚未合攏時，就著稠液的潤滑自後方挺進。

因方才的情事，霜玄的欲望毫無障礙地頂入了最深處。

「啊……嗚……」秦觀緊緊抓著床單，用力到指節都泛白了。「哈啊……喜、喜歡個鬼……」咬牙咒罵，秦觀恨不得擰斷這頭龍的脖子。

扣住秦觀的腰撐起秦觀癱軟無力的下身，自後方深深貫穿他，享受地聽著秦觀軟膩無助的呻吟。

「你……你這禽獸……嗚！」秦觀肩膀一縮，咬牙隱忍一陣陣自後方襲來的快感。

「這種時候，我甘願當禽獸。」霜玄俯身，胸口貼著秦觀細白的背，輕啃他紅透了的耳朵。右手也不閒著，再度玩弄起秦觀腿間的欲望，惹得秦觀幾乎要被快感淹沒。

「嗚……」秦觀呻吟著，很沒志氣地再一次發洩在霜玄手中。

雖然很喜歡這種姿勢，但這樣看不見秦觀的表情，令霜玄眉頭微蹙，暫時離開秦觀體內，伸手一拉將秦觀翻轉過來。秦觀的棕眸因驚訝而瞠大，盈滿淚水，臉頰紅撲撲的，雙唇微啟，這樣貌著實令霜玄心底一震，想都沒想就湊過去親秦觀的嘴。

親完秦觀柔軟的嘴唇，霜玄舔上秦觀胸前的突起，用牙齒輕咬，滿意地聽見秦觀的悶哼與難耐的呻吟。

「你、你這……猥瑣的山羊！嗚……水牛！」秦觀賭氣地抓住霜玄頭上兩支龍角，胡亂罵道。

霜玄疑惑地抬起頭，「為什麼是山羊和水牛？」

「你看你這對角，不是羊角牛角是什麼？」秦觀敲了敲霜玄的角，一雙水盈盈的眸子瞪向霜玄。

「狂妄無禮的人類，這是龍角！」霜玄氣中帶笑地喊道，拉開秦觀細瘦的大腿，再次頂入那石榴色的窄穴。

「啊……！你、你這……王八羔子……」秦觀咬了咬嘴唇，雙手緊緊攢住床單，蹙眉低喘。

喜歡聽秦觀那軟聲甜膩的罵人話語，霜玄扣住秦觀的腰，緩慢而沉重地在他體內律動，每一下都深沉得讓秦觀嗚咽出聲。

「嗚……不、不要了……」秦觀狂亂地搖頭，眼角迸出的淚花紛然灑落。

霜玄傾身吻去秦觀眼角的淚珠，在他耳畔勾唇道：「由不得你不要。」又一記深沉的頂刺，榨出秦觀的呻吟。

最終，秦觀含淚喊道：「……我、我認輸！嗚……你這把火還要燒多久？」

「當年黃華之亂時，趙璉一把火燒了洛衡宮，大火焚燒宮殿三日三夜方滅盡。」

霜玄一雙黑眸定定望著秦觀，舌尖舔過嘴角，表情彷彿看到肉排的餓龍。

「你、你又不是洛衡宮……」秦觀深感不妙地嚥了口唾沫，從背脊涼到頭頂，腦門發麻。

「的確不是。」霜玄勾起嘴角，「我燒得更久。」

「嗚！」秦觀嗚咽出聲。

†

霜玄端著一碗冒著蒸氣的深棕色湯藥，向墨玉軒走去。這可是他頭一次自己端食物，且這碗湯藥還不是他要喝的。可以讓童僕幫他端去沒錯，但他去墨玉軒時不喜歡有旁人跟著。

抵達竹籬前時，霜玄清了清喉嚨，順了順頭髮，變出一團冰霜修護腦袋上的兩支龍角，這才推開竹製矮門走了進去。

在屋前徘徊了一陣，把雪地都踏灰了，霜玄才舉步走入屋內，四下搜尋秦觀的身影。原先霜玄預測秦觀應該會躺在床鋪上休息才對，床鋪卻是空的。屋裡空無一人。

覺得十分詭異，霜玄捧著湯藥走出屋舍，繞到屋後查看，這才發現秦觀的藍眼童僕站在那兒。

小藍瞧見霜玄來了，趕緊行禮喊道：「陛下萬安！」

霜玄四下環顧了一陣，蹙起眉，問道：「他人呢？」

「什麼？」小藍呆了呆，還沒反應過來。

「我拿補藥來給他。」

「補、補藥？敢敢敢敢問陛下，小主他怎麼了嗎？」小藍緊張得瞠大雙眼，面容也唰的一下全白了。

「他……沒有，這個……就是……呃……」霜玄神情侷促，臉上掠過一抹飛紅，支吾半天才正色道：「總之，他人呢？」

「啟稟陛下，小……小主他在樹上。」小藍怔怔地指著旁邊一棵高聳入雲的松樹。

「樹、樹上？」霜玄震驚地反問，抬頭看向一邊的松樹。

只見松樹頂端攀著一個人，手中拉著一隻急欲飛離的含淚公雞，搖搖晃晃地在空中拉扯，震下枝葉上的積雪無數。

「我、我說傲竹，你不要想不開啊！」樹上的人朝著公雞大喊。

公雞傷痛欲絕地閉起眼，揮灑著淚水猛力振翅，想讓尾羽脫離秦觀的掌控。

「人類！你在做什麼？」霜玄在下方又驚又怕地喊道。

「你家的鳳凰要鬧自殺啦！」秦觀抽空朝下方大喊，口中吐出好幾團白霧。

霜玄的腦袋空白了一陣。這是如何？到底發生了什麼事？搞什麼？腦袋停擺許久，霜玄才終於領會秦觀整句話的意思，揉了揉眉心，向秦觀喊道：「你先下來！」

「那怎麼行？！他可是真的要跳了！」秦觀震驚地大喊。

霜玄閉起眼，深深嘆了口氣，「他要跳就讓他跳！反正是鳳凰，摔不死！」

「咦？是、是嗎？」秦觀愣了愣，這才鬆開手。公雞慘叫一聲，筆直摔落地面，深深插入雪地裡。

秦觀趕緊手腳並用地爬下高聳的松樹，在跳至雪地上時，表情僵了僵，微微躬起身，唉唷了聲。

「小主！怎麼了？」小藍趕緊跑過去扶著秦觀。

「欸？沒、沒事兒，只是……只是……呃，有點閃到腰。」秦觀笑著搥了搥腰側，「你就……呃，先去救救傲竹吧。」秦觀指向一旁雪地上的凹坑。

小藍這才慌忙跑過去，拉住公雞的尾巴，奮力想將其拔出雪地。

霜玄走向秦觀，沉著臉蹙眉問道：「你怎麼沒躺著休息？」

秦觀愣了愣，搔搔頭，指著屋舍道：「呃……進去裡面談吧。」

霜玄這才捧著湯藥，跟在秦觀身後走入屋內。

坐定後，秦觀眨了眨眼，問道：「你來做啥？」

「來……」霜玄一窒，將手中的湯藥放至桌面，吼道：「當然是來探望你的！你現在應該好好躺在床鋪上休息！」

「哎……好好好，是是是。」秦觀摀住耳朵，喃喃抱怨道：「也不想想是誰害的……」

這句喃喃自語果真順利讓霜玄閉上嘴，只能撇開視線看向一邊，伸手將湯藥推向秦觀，「快喝。」

「是是是。」秦觀聽話地拿起調羹，也不問那是什麼，就稀哩呼嚕地喝起那碗深棕色湯藥。

沉默地看著秦觀喝湯藥喝得起勁的樣子，霜玄眼中掠過一抹複雜情緒。

捧起碗將剩下的湯藥一飲而盡，秦觀重重放下碗，吁了口氣道：「好，喝完了。」這才舉起袖子抹抹嘴，看向霜玄。

「為什麼那隻鳳凰要自殺？」霜玄蹙眉問道。

「喔，這個嘛……」秦觀搔搔頭，「我只看個半懂，不過應該是傲竹……鳳凰他被母雞傷透了心，沒有一隻母雞喜歡他，他才會想不開。」

霜玄沉默片刻，抗議般地說道：「他可是尊貴的鳳凰。」

「再尊貴也不一定會讓母雞喜歡啊。」秦觀挑眉。

「那你呢？」霜玄看著秦觀。

「他呆頭呆腦，挺可愛的。」秦觀聳聳肩。

知道秦觀不是沒搞懂他的問題就是刻意裝傻，霜玄又道：「你喜歡我嗎？」

秦觀愣了愣，沉默片刻，一會兒才有點不自在地道：「我又不是母雞。」

在霜玄又想抗議前，秦觀趕緊道：「好啦好啦，你這氣甕子找俺到底有啥勞子事？」

霜玄怔了怔，垂下眼。「……我必須離開一陣子。」

秦觀也沉靜下來。「什麼時候出發？」拿調羹輕刮著碗，看似心不在焉。

「明日卯時。」

秦觀抬起臉，笑道：「好，那麼我們今天來比賽——看誰寫的詠雪詩比較好！」說完，便起身步履輕快地往門外走去，嘴裡還哼著小曲兒，笑容清澈得像是沒有一絲陰霾。

霜玄跟著起身，嘴唇微啟，像是想說些什麼。

等我。等我回來。他直覺要說出這句話，想想卻又覺得太過可笑也太小題大作。

最終還是沉默，跟上秦觀的腳步。

十一章

紅梅

第十一章：紅梅

替秦觀整理房間時，小藍偶然在一堆布團裡找到了一支墨棕色的烙花笛。覺得十分特別，小藍拿著烙花笛走向秦觀問道：「小主，這是你的嗎？」

原先在看著窗外發呆的秦觀回過神來，看了看小藍手中的烙花笛，「喔……是啊。」

「小主，怎麼沒見你吹過這支笛啊？」小藍好奇地問。

「我不太會吹笛。」秦觀接下烙花笛，怔忡片刻，才道：「這支笛名為鳴煙。是爺爺留給我的。」秦觀垂下眼，輕撫著笛身上的烙花刻痕。

察覺到氣氛的沉滯，小藍道：「小主，我……我先去餵雞。」說完便走了出去，讓秦觀獨自待著。

秦觀呆呆望著手中的烙花笛半晌，把玩著笛尾垂掛的玉佩，又看向天空。隨後，他起身走出屋外，推開院落的竹籬矮門，朝紅梅花林的方向走去。

「小主，你去哪兒啊？」小藍在雞舍旁擔心地喊道。

「一會兒就回來。」秦觀朝身後揮了揮手，將鳴煙緊握在另一手裡。

在雪上走了許久，短靴與地面積雪發出軋軋的壓縮聲，在身後留下一條斷斷續續的路痕。冷風呼嘯著刮過地面，捲起一陣雪塵，兩旁的枯枝發出凍裂般的撞擊脆響。

抵達紅梅樹林時，狂躁的寒風已消停不少，不再被驚擾的雪地瑩亮，在陽光輕拂下彷彿一整片被揉碎的水晶。

滿樹紅梅艷艷，猶如在這冰天雪地裡燃燒的枯木。落於雪地上的紅梅如殘妝，弔唁早已逝去的秋天。

霜玄離開這裡兩個月了，這片紅梅卻彷彿不知道時間，仍舊艷麗綻放。

不去亭子裡歇著賞梅，秦觀轉而走入紅梅樹林。不忍踏上一地殘落的紅梅，秦觀盡量讓腳步避開落花，不讓雪地上原先只是輕愁的殘妝轉為遭人踐踏的啼怨。

何時變得這麼多愁善感了？秦觀自嘲地勾了勾嘴角。想歸想，腳下的步履仍輕盈地避開所有落花。

走得滿意了，秦觀停下腳步，斜倚在一棵紅梅樹旁。細細端詳著手中的鳴煙，指尖畫過每一道刻痕，雙眼漸漸失了焦距。

他總是不敢吹奏這支笛。因為這是爺爺隨身攜帶的鳴煙，是爺爺留給他的。

「你和你爺爺一樣！」

過往的辱罵聲迴盪在耳邊，令秦觀腦門一刺，微微瞇起眼。他好怕爺爺和他一樣，他希望爺爺過普通生活，不要和他一樣被當成妖怪。他不願別人看輕爺爺。

因此，他一直不敢吹這支笛。隱約覺得若是吹奏鳴煙，爺爺便會被他汙染，和他一樣被別人當成妖怪。即使爺爺已經不在了，這種感覺仍縈繞在心臟上，猶如那道除不去的咒術鎖鍊。

「你和你爺爺不一樣。你就是你，你和任何人都不一樣，你是我的。」

一陣低沉溫柔的嗓音響起，令秦觀心頭一熱。仰頭望向被紅梅掩去大半的天空，漸漸露出微笑。那句幾乎不算是安慰的話語，卻替他除去了一直以來壓在心口的巨石。

將手中的鳴煙舉至嘴邊，輕輕吹奏出一個徵音。

那個音吹得並不算好，氣過虛且尾端浮驚，甚至不能算是吹奏，卻令秦觀勾起嘴角。

再度吹出一個音，這次比上一次好多了，笛音綿長悠遠，將鳴煙這支好笛的優點都發揮出來了。

很久以前爺爺曾教過他怎麼吹奏，後來他也斷斷續續地拿其他笛子練習，多少還是會的。

闔上雙眼，秦觀吹奏起爺爺最常吹奏的歌曲《長相思》。這首曲子婉轉中帶泣慕，小時後聽爺爺吹奏時，他雖覺得好聽，卻不會太喜愛，總覺得過於哀涼。

爺爺總愛吹奏這首歌曲。爺爺……是否有一直思念著的人？爺爺吹奏這首曲子時，些許洩露出溫柔又悲傷的神情，是被歌曲影響，還是思念所致？

自己……也有思念的人嗎？

秦觀不禁曲音一顫，亂了氣息。他不該想到，不該有所留戀。他知道的。

望著雪地上殘亂一地的紅梅，怔忡許久，秦觀才又將鳴煙提至嘴邊，重新吹奏起長相思。

綿長又帶繾綣的笛音迴盪於紅梅樹林間，彷彿懸掛於梢頭，繚繞枝幹，輕撫每一朵紅梅，無論是在枝幹上綻放的，還是雪地裡殘敗的梅花。

笛音持續了許久，直到它突然異常地拔尖，尾音碎裂，歌曲戛然而止。鳴煙掉落於雪地上，發出一陣柔軟的悶響。

秦觀摀住嘴，彎下身，指縫間淌下殷紅的血液。

雪地被鳴煙上的血染紅，笛口部分的雪更像是盛開了好幾朵紅梅。

秦觀輕咳了幾聲，嗆出幾口鮮血，一滴滴從下頜滴落。用手背抹了抹嘴，一陣低語逸出秦觀被血染紅的雙唇：「看樣子……可能撐不過兩年啊……」勾起嘴角，無奈地露出笑容，望向滿天紅梅。

從嘴唇到下頜皆染得緋紅，像是抹了一整片胭脂。

幸好沒有弄髒身上的白袍，若是被小藍發現那還得了。秦觀暗自想道，伸手捏起一把雪，抹了抹嘴唇與下頜，洗去上方的血漬。

撿起鳴煙，握住尾端甩了甩，血沫在雪地灑成一片放射狀的弧形。捏雪拭淨笛身上的殘紅，這才將鳴煙繫回腰間。

口中哼著小曲兒，秦觀轉身走出這片紅梅樹林。漸漸遠去的白色身影彷彿融化在雪景中，化作一片虛茫雪霧。

地面綻放的血鮮紅艷麗，彷彿一朵朵綻放的紅花。北風吹拂，紅梅如雪片紛落。雪地上樹影搖動，一時分不清何者是鮮血，何者是殘落的紅梅。

†

夜幕中的勾月異常碩大，隱約泛著青藍，彷彿一柄及將斬毀大地的冰冷鐮刀。空中沒有其他星子，也無一絲夜雲，就只有這麼一枚冰藍勾月。

墨黑外牆的客棧內透出幽幽冷光，掌櫃是一頭衰老的白鹿。

二樓房內，霜玄與金鷲坐於桌旁，桌面上攤著一張帛布地圖，上方點著幽冷的蠟燭。

望著窗外的勾月，霜玄露出若有所思的表情。銀蟾霜滿地，寒轍復幾行。眼前彷彿浮現秦觀吟這首詩時，醉眼迷濛口齒不清的模樣，令霜玄不著痕跡地勾了勾嘴角。剪枝烙花影，虛實又何傷？

「是啊……虛實又何傷？」秦觀恍惚抬起頭看著月亮。

當時望著月亮的秦觀，眼中為何流露出孤寂與隔閡？霜玄微微蹙起眉，眼中掠過一絲自己也不了解的情緒。

霜玄回過頭，沉默半晌，問道：「……我們離開多久了？」

金鷲看向霜玄臉上的神情。「回陛下，近三個月。」他隱約覺得不祥，陛下與那名人類太過親近了。那名人類……僅僅只是要替陛下解咒，咒還未解，陛下卻像又中咒了一般。

金鷲神色一凜，指尖滑到地圖右側的白色宮殿，抬指敲了敲。「……若是陛下想徹底殲滅白鵺鸞，應告知您的三位兄長。」

霜玄冷眼望向金鷲，周身隱約冒出薄霧寒氣，沉聲道：「本王何曾需要他們的幫助？」

金鷲垂下眼簾。「五十年前的您……的確不需要。」

霜玄一怔，周身寒氣收攏，沉默下來。

將手從地圖上移開，金鷲抬起眼望著霜玄道：「若是不希望憑藉他們的幫助，還請陛下多記掛解咒一事。」

霜玄知道秦觀當初給他出的那道謎題壓根與解咒無關，秦觀大約也察覺到他知道了。但是，他們彼此都不去戳破這點。秦觀依然笑著朝他耍嘴皮，他也佯怒回個幾句。

眼簾微掀，眸中情緒閃動，半晌，才冷聲向金鷲道：「秦四海的孫子來此僅僅才過了快一年，你何時變得這麼急性子了？」

「屬下失言。」金鷲斂目，語氣平靜地接著道：「屬下要說的是，還請陛下將解咒一事放在第一位。」

對秦四海數十年的追查，用盡千萬種解咒方法……他何時不是將解咒放在第一位？冷冷看向金鷲，墨灰色眼眸閃著冰冷堅決的光芒，啟唇道：「這種事……還需要你提點麼？」

金鷲垂下眼簾，勾起嘴角。「屬下多慮了。」

†

艷紅梅花紛飛，如同下了一場鮮紅的雪。空氣中瀰漫著濃郁的梅花香氣，絲絲縷縷被風吹送到各處。若是自地面拾起一把雪，想必晶瑩雪花間也帶著濃厚的紅梅氣息吧。

霜玄走向紅梅園，墨黑身影在一片紅白交雜的雪景中十分醒目。原先應該還要再兩個月才能回來的，今天卻抽空跑了回來，見那三個月沒見的人。

正因為時間緊迫，霜玄只能回來待上一會兒，因此金鷲、銀寒兩人在一邊候著，等著去處理下一項指令。

走入紅梅花林間，霜玄毫不意外地在一棵梅樹枝枒上看見那纖薄細瘦的白色身影。

秦觀坐在離地約一人高的枝幹上，側身斜倚在樹幹上小憩，背對著霜玄，並未發現他的到來。

「人類！」霜玄喊道。

秦觀自睡夢中驚醒，身影一晃，哎唷一聲直接往後翻下樹，眼看就要栽到雪堆裡。

霜玄趕緊上前接住那纖薄的素白身影，才剛想開口罵罵這粗枝大葉的人類，話語到了嘴邊卻煞了車。蹙起眉，霜玄看著懷中的人類。

「唷，你回來啦。」秦觀抬頭望向霜玄，咧嘴笑道，彷彿這三個月不見只是短短一個時辰。

「……人類，你瘦了。」霜玄眉頭緊蹙，墨灰色眼眸緊緊盯著秦觀的臉。懷中人類的重量明顯減輕不少，原本就十分纖瘦了，現下身子單薄得像一捏就碎的雪片。

「是嗎？」秦觀聳聳肩，指了指地面。「先別說這個，放我下來吧。」一團團白霧隨著話語一同溜出唇瓣，冉冉向空中逸散。

霜玄沉默，將秦觀放下，眉頭仍然緊攢著。

「沒想到都三個多月了，這片紅梅卻還盛開……」秦觀蹙眉望著眼前的雪景與一整片艷紅的梅花，轉頭看向霜玄，棕色眼眸裡寫滿好奇。「這些紅梅該不會是一年四季都開花吧？」

「當然不。在這裡約莫會開半年，若是在終年積雪的山脈上，才會一年四季都綻

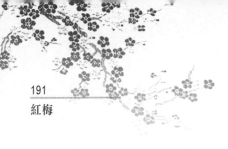

放。」霜玄答道，緊鎖的眉頭仍然沒放鬆。

看了看霜玄的表情，秦觀猛地拍向霜玄的背，操起一口徜北漠下方言：「唷，你這氣甕子，做啥繃著一張臉？俺嘀腦門都要給你瞧凍啦！」

望著秦觀誇張的表情與動作，霜玄緊鎖的眉頭這才鬆了些，嘴角微微勾起。

「只不過是最近常往這兒跑，忘了吃東西，又比較常活動，才會變瘦吧？」秦觀搔搔頭，蹙起眉拍了拍自己的胸膛。「你不說我還沒發現。」

「看樣子可得給你準備整缸的補藥。」霜玄眯眼將秦觀從頭看到腳，再從腳看到頭。

「別了吧！」秦觀打了個哆嗦，趕緊轉移話題道：「話說回來，今天他們兩人也來這兒賞梅啊？」他好奇地看向站在不遠處的金鶩和銀寒。

「等一下還有事要處理，所以他們先在這裡候著。」霜玄將秦觀攬了過來，將臉埋在他頸邊，吸取嗅聞著這名人類獨有的清香。

「哈哈，癢死了。」秦觀笑著縮了縮脖子，惡作劇地揉亂霜玄一頭柔順的黑髮。

「多狂妄的人類。」霜玄離開秦觀頸側，一彈指，黑髮又變得整齊柔亮如常。他伸手扣住秦觀下頷，懲罰般地吻上他的唇。

秦觀也不反抗，十分配合地輕啟雙唇。

結束了這個吻，霜玄離開秦觀的唇，舔了舔嘴，墨灰色眼眸神采奕奕，表情很是意猶未盡。

秦觀雙臂環上霜玄的脖頸，踮起腳尖吻了吻霜玄的唇，冰冷的鼻尖碰在一起，感覺卻很好。

「……你會待多久？」秦觀輕聲問道。

沉默了半晌，霜玄答道：「大約待到日落。」

「日落嗎……」秦觀放開霜玄的脖頸，轉頭看了看天色。現在過正午不久，太陽在天空中央偏西南的位置。「大約還有兩個時辰多……我們來比賽！看誰寫出的詠梅詩比較好。」秦觀興致勃勃地喊道。

「又是由你自己當裁判？」霜玄挑眉。

「當然！上次的詠雪詩還沒分出勝負呢。」秦觀表情嚴肅地說道。

霜玄勾起嘴角，笑道：「多狂妄的人類，就說你永遠贏不了龍。」

「誰說的？現在不過是平手，再比個兩三次我就大獲全勝啦。」秦觀自傲地哼哼兩聲，「別忘記，若要比『成長』，人類肯定比龍還要快速。」

最後一句話令原先笑著的霜玄嘴角僵了僵，眼中閃過一抹複雜的情緒。

「人類的生命……很短暫。」白離去前的話語在腦海中響起。

我知道。霜玄在心中回答。他一直都知道。懷中的人類遲早會消逝，會化作骸骨、塵土或一縷細煙，先他一步到他追不上的地方。

總有一天，那棕色眼眸、那笑容、那總是令他哭笑不得的罵人話語……將會消失無蹤，這世上再也遍尋不著。

總有一天……霜玄神色一凜。他要快些解開詛咒。解咒後，任何事都方便許多，也能去找方法將這名人類的生命延長。讓人類壽命延長的咒術在妖界本就不少，若再加上他恢復成原本力量的助力，要讓這人類活過數百年應該不算難事。

心中暗忖，霜玄看向秦觀，問道：「人類，到底什麼時候替我解開詛咒？」

秦觀愣了愣，暗自慶幸自己現下背對著霜玄。露出一抹複雜的笑容，盡量讓聲音維持正常，秦觀笑道：「快了快了，你這頭龍急什麼？好啦，快點開始寫。如果你作不出詩，就算我贏了喔！」

也是，不必急於一時。「總有一天」僅僅只是「總有一天」，那一天並不會這麼快就到來。心中暗自嘲笑自己幾聲，霜玄才道：「好，詠梅是吧？到時候你這傢伙可要坦白認輸。」

「要坦白認輸的是你！到時候可別氣得把這些梅花都凍壞了。」

又吵了好一陣子，這一人一龍才安分下來。霜玄往紅梅樹林深處走，仰頭看著枝枒上的紅梅，又看了看雪地上的殘梅，深思起來。

就文方面，他不得不承認，秦觀的確和他不相上下。因此，他必須認真應戰。萬一真輸給這人類，這人類還不驕傲得掀翻整座龍王殿了？

「千絲素雪銀絨鏽，萬盞金簪絳緞籠……」霜玄喃喃道，望向枝頭紅梅。

胸口翻騰的劇痛越發強烈，秦觀緊緊壓著左胸，嘴角淌出一絲鮮血。斜倚在一旁的樹幹上，秦觀已經模糊的視線盯著霜玄的背影。果然撐不下去了嗎？幸好……最終，能等到他回來。

「吶，霜玄。」秦觀勾起嘴角，「雖然我沒寫出詠梅詩，但是上次那闋填到一半的詠梅詞……〈長相思〉，也是在這裡，你還記得嗎？」

「嗯。」霜玄應道，並未回過身，還在斟酌方才的詩句。

「我把後半段填完了。你要聽嗎？」

「嗯。」

「繡丹繟。雪闌珊。滿樹彤霞痕露乾，碎紅影欄杆。」秦觀吟出上次寫的詞句。雙腳無力地跪下，視線逐漸被黑暗侵蝕，嘴角的鮮血越淌越多，心口的疼痛過於劇烈，反而阻斷了他的痛覺，只覺得全身鬆軟，彷彿置身於雲堆上。

「接下來是方才寫的……」秦觀強忍住咳嗽的衝動，接著道：「……迴煙殘。不堪看。總道深冬無盡寒，返枝……落花……難。」

原先神情還帶著讚賞，在聽到最後兩句時，霜玄心口一顫，瞳孔猛地一縮，立刻回過頭。

那抹素白的身影倚倒在樹下，嘴角到胸口一片嫣紅，彷彿被落下的紅梅淹沒。

「秦觀！」霜玄吼道，身影一晃便出現在秦觀身邊，雙膝跪到雪地上，顫抖著雙手，緩緩將秦觀扶起，讓他靠在自己胸口。

聽見霜玄的聲音，金鶩、銀鶇立即足尖點地飛奔過去，看見他們的王抱著染血的人類時，怔忡立於一邊。

「霜玄……你不是想要解開詛咒嗎？我現在……告訴你解咒方法。」秦觀咳了聲，一口鮮血湧了出來，衣袍上幾乎已找不到白色布料。

「人類，先別說話。」霜玄的聲線微微顫抖。

「解咒方法……其實很簡單。」秦觀綻開笑容。雖然已看不見也聽不清，他十分確定現下抱著他的一定是霜玄。「挖出我的心臟……吃下去……就行了。」

黑龍王解開詛咒之後，人界會如何？妖界會如何？是否會生靈塗炭，戰火焚燒不滅？秦觀訝異於自己的不負責任與冷漠，因為他根本不在乎。

不在乎人界，不在乎妖界，不在乎生靈不在乎戰火。最終，能在他懷中死去……

意識如沉入墨水中的玉石，逐漸陷入一片無邊的闃黑。

秦觀闔上早已看不見的雙眼，露出一抹笑。

終章

融雪

第十二章：融雪

「挖出我的心臟……吃下去……就行了。」

在秦觀說完這句話時，金鶩、銀寒兩人瞳孔縮成一條細線，幾乎同時伸出利爪，五指如勾抓向秦觀心口。

就在利爪幾乎要刺入秦觀染血的綢服時，一隻冰冷蒼白的手猛地抓住了他們的指爪。

「傳太醫。」冰冷如機械的嗓音逸出霜玄唇間。緊抓住金鶩、銀寒利爪的手淌下鮮血，一滴滴自手腕處滴落，融入秦觀衣袍上的血水中。金鶩、銀寒心臟一縮，趕緊將劃傷霜玄的銳利指甲收回。

愣了片刻，金鶩開口道：「陛下……」

「傳太醫！」霜玄吼道，嗓音如同一隻負了傷的野獸，臉上隱隱浮現龍鱗，墨灰瞳眸裡凝固鮮血般的紅光閃爍。

燦燦的陽光照耀在潔白的雪地上，雪地表面已被朝陽撫得平滑，漸漸融化，已有些許嫩綠新芽自雪堆裡竄出。

陽光透過窗櫺，在地面印下繁複花紋。陽光的軌跡從地面延伸到床腳，再從床腳攀爬上被褥，一直蔓延到素白被榻中，俊秀臉上緊閉的眼眸、秀氣的鼻梁，以及略顯蒼白的唇瓣。

金色的朝暉同樣照耀著斜臥在床邊長椅上，一身黑袍的男人。烏亮的髮絲在陽光照耀下蒙上一層金色，頭上兩隻龍角亦彷彿鑲了金邊。單手撐著頭，深沉的墨灰色眼眸盯著手中的書冊，目光停留在那一頁上已經半個時辰了，想必心思早已飄到別處。

瞳孔猛地一縮，他的目光跳離書頁，看向床鋪。

被褥中，那雙緊閉的眼眸動了動，兩扇纖長的睫毛微顫，緩緩睜開，露出底下澄澈的淺棕色眼眸。

霜玄丟下手中的書冊，起身坐至床邊的雕花木椅上，一雙龍眸緊鎖著人類的臉，彷彿床鋪上的人下一刻就會消失。

淺棕色眼眸眨了眨，露出一抹茫然。視線緩緩轉向床邊表情緊繃的黑龍臉上，淺棕色眼眸又眨了眨，接著緊緊閉起。

看見那雙眼眸再度閉起，霜玄心臟一縮，伸手想碰那名人類將他搖醒，卻又顫了顫，縮回手，垂下一雙黑眸。

陽光攀在床緣，一路流洩至床底，在地面留下窗櫺的印痕。

「……你這頭蠢龍。」嘶啞乾裂的嗓音傳來，如蚊蚋振翅般細小，卻令霜玄猛地抬起頭，緊盯著床鋪上仍緊閉雙眼的人類。

「……蠢龍……」蒼白的唇瓣再次動了動，眼淚自緊閉的眼角淌下，滑過臉頰，啪搭一聲撞擊在枕上摔碎。秦觀緩緩睜開盈著水珠的棕眸，轉頭看向床邊的霜玄。

「秦觀。」霜玄喚道，嘴角輕輕勾起。

「……為什麼我還沒死？」秦觀盯著霜玄的眼眸。

「本王還沒準你死，你怎麼可能死得了？」霜玄冷哼一聲，表情佯怒，語氣與嘴角卻都帶著笑意。

秦觀只是垂著眼，躺在被褥裡，沒說話。

「秦觀。」霜玄又喚，伸手摸了摸秦觀的臉頰。

沉默許久後，秦觀啟唇道：「你應該吃了我的心臟，解開詛咒。」

霜玄瞳孔一縮，周身猛地竄出寒氣，吼道：「我不許你死！」語氣微微發顫，揉雜了恐懼與憤怒。

秦觀愣了愣，垂下眼。「我……遲早都會死。」

霜玄斂下周身寒霧，黑眸深深望入秦觀眼底。「那麼，到時候，你……由我來殺。」

秦觀怔忡，看向霜玄的眼。

「反正龍的壽命很長，等你個數百年再解咒也不是問題。」霜玄冷哼了聲。

「數百年？」秦觀驚訝地笑出聲來，「我可活不了那麼久。」

「我可是黑龍王！眾妖之首，群龍之王。」霜玄微微揚起下頷，「我要你活千年就活千年。」

「怎麼又變千年了？」秦觀笑了起來。但他終究是個人類。他有著人類的軀殼，刀、劍甚至一根髮簪，輕易就能讓他死去。即使壽命延長萬年，也……心中掠過一抹溫暖的愁緒，秦觀仍然笑著，並未反駁霜玄的話語。

見秦觀扶著床柱想坐起身，霜玄伸手將他扶起。

坐起身後，秦觀垂下眼，若有所思地按著胸口。

「雖然無法除去，但你心臟上的符文不會再收緊了。」霜玄道。

秦觀抬起淺棕色眼眸望向霜玄，「這樣……真的好嗎？」

霜玄並未回答，只道：「我讓人拿粥過來。你這半個月都在昏睡，只有讓人餵一些水，現在得吃點東西。」他一彈手指，秦觀房門口就出現一朵盛開的冰花。

不久後，一名僮僕便端著冒著捲捲蒸氣的熱粥進來，放在炕案上後，便行禮退了出去。

霜玄端起熱粥，舀起一勺，輕輕吹了口氣。

啪嚓！

那勺粥連著調羹，一聲脆響結成冰塊。

霜玄沉默看著手中的冰棍。

「噗！哈哈哈哈……」秦觀笑了起來，笑得肚子糾成一團，眼淚擠出眼角，從沒笑得這麼暢快開懷過。

看見秦觀笑得這麼開心，霜玄也勾起嘴角，一雙黑眸盈滿笑意，佯怒道：「狂妄的人類，還笑？下次這調羹就換成你了。」

又笑了好一陣子才收起笑聲，秦觀擦了擦眼角擠出的眼淚，勾唇道：「喔？是嗎？」

「當然。」霜玄作勢昂起下頷，冷哼了聲。

秦觀笑得眼眸彎彎，眸子燦燦溜轉，伸手捧住霜玄的臉，吻上他的唇。

霜玄一怔，眼中盈滿暖意，將秦觀攬入懷中。

「不是要凍死我？」秦觀笑問，燦亮的棕眸向上瞧著霜玄，偎在霜玄胸口。

「早被你融化了。」霜玄一笑，收緊雙臂抱著懷中的人類，俯身嗅著秦觀脖頸的清香，感覺著這名人類的心跳。

「不知羞恥，淨說些肉麻話。」秦觀被逗笑了，搥向霜玄胸口。

是啊，人界又如何？妖界又如何？解咒又如何？他們之間壽命的差異又如何？只要每一刻，都像現在這樣……

秦觀露出微笑，輕輕吻上霜玄的額頭。

窗外陽光靜靜灑落，早春的微風輕拂過紅梅樹林，以及梅樹枝枒上新生的嫩葉。

這名人類與黑龍王，胸口都纏著鎖鍊。

一條是符文，一條是永遠剪不斷的牽絆。

《全文完》

番外

如果在現代

番外：如果在現代

桌面上堆滿雜物，兩本雜誌、七本資料書、三本古詩詞集、六只資料夾、五本筆記本、三枚隨身碟、十三張便利貼、六支筆、一捲膠帶、一只馬克杯（裡面有乾涸的咖啡漬，塞滿了衛生紙）、一只行動硬碟（上方的連接線打結了）、空的便利商店微波食品塑膠盒、幾隻果蠅和一堆廢紙團。

在這些雜物之間空出了一小片空間，放置著一台筆電。筆電的螢幕上有咖啡漬和乾掉的牛肉麵湯汁。

「可……可惡……就快到結局了說！」秦觀憤怒地一拍桌面，驚飛果蠅無數。「啊啊——想不到！這故事到底該怎麼收尾？」懊惱地揉亂一頭棕髮，鼻梁上的打字用眼鏡也被碰歪，有著黑眼圈的秦觀看起來更頹廢了。

「嘖！我要靈感……」秦觀喃喃道，點開桌面上所有資料夾，一個個翻看著。

喀嚓！

門開了，一名男子走了進來。他身穿筆挺合身的西裝，膚色較常人來說略顯蒼白，一雙黑眸剛毅中帶著邪魅，鼻梁高挺，薄唇性感，耳朵上帶著好幾只銀耳環，一頭墨黑長髮鬆鬆束在腦後。在那俊逸非凡的臉上，一雙美眸下方，有著淡淡的黑影。

「回來啦？」秦觀頭也不抬地盯著螢幕，眉頭緊蹙。

霜玄脫下黑亮的皮鞋，走入小套房內，坐到床鋪上，拉了拉領口，鬆開領帶，解開一顆扣子，吁了口氣道：「又在寫你灑狗血的言情小說？」

秦觀終於抬起頭，斜睨了霜玄一眼。「是誰上次看到哭的？」

「吵死了。」霜玄別開頭，臉頰掠過一抹飛紅。

滿意地勾了勾嘴角，秦觀回過頭繼續雙擊滑鼠尋找靈感，隨口道：「怎麼這麼晚才回來？總裁大人。」

霜玄吐了口氣，揉了揉眉心，「白鴒集團想併購我們上游的廠商。」

「又來了？」秦觀邊雙擊滑鼠邊咧嘴笑得十分幸災樂禍。

「斐拉卡和浮里加斯兩邊的廠商都快被拉攏過去了。」霜玄嘖了聲，懊惱地抓了抓頭。

「沒辦法嘛，同為現今兩大商業貿易集團……」秦觀安慰性質不大地說道，並未回頭，仍盯著電腦螢幕，「我說你，小心別又胃潰瘍。」

霜玄冷哼了聲，「你沒資格說我。上次是誰吐血倒在鍵盤上的？」

「不過就是忘了吃頓飯……」秦觀懊惱地嘖了聲，「沒想到竟然給我吐血，好死不死還吐在鍵盤上，難清死了，到現在空白鍵還卡卡的好難按。」

「忘了吃頓飯？」霜玄驚訝地哼笑出聲，「你那根本是絕食自殺好嗎？哪有人會整整三天忘了吃飯，還跑去喝檸檬汁搞到胃穿孔的？！」

秦觀一窒。腳一踢，將旋轉椅轉了一百八十度，面對霜玄，「你才是！好好一個繼承父母江山的年輕總裁應該要到處吃喝玩樂才對，沒事幹嘛工作到過勞？」

霜玄蹙起眉頭，「工作就是工作，只不過做好份內的事罷了。」

「我的天！」秦觀翻了翻白眼，「工作狂也要有個限度！你那兩個秘書都很擔心你喔，還特別打電話來要我盯好你，別讓你把工作帶回家。」

霜玄斜睨秦觀一眼，「對於工作狂這點，你也沒資格說我吧？鎮日昏倒在電腦前、被資料書掩埋、想不出劇情就跑去撞牆，廢寢忘食的程度更高我一籌。」

「啊——好啦好啦，隨便啦。」秦觀喊叫著將旋轉椅轉回去，點開下方的言情小說檔案，隨手按了個存檔，拿下鼻梁上的打字用眼鏡，伸了個懶腰。「呼啊——好累。」

「你今天又是吃微波食品？」看見秦觀桌上的塑膠盒、垃圾堆和果蠅群，霜玄皺了皺眉。

「沒辦法——沒時間嘛——快到結局了咩——」秦觀拖長了尾音，懶懶地起身，搖搖晃晃地走到床邊，噗咚一聲撲倒在床上。

暗忖片刻後，秦觀蹙眉抬頭問道：「欸，我說，結局該悲劇好還是喜劇好？」

「喜劇。」霜玄立即答道。中間完全沒有思考過程，時間不到一秒。

「你是怕又會看到哭吧？」秦觀低笑，瞥了霜玄一眼。

「少囉嗦。」霜玄睨了倒在身旁的秦觀一眼，「截稿日是什麼時候？」

「唔……今天幾號？」面部朝下貼著床面，秦觀悶聲問了句。

「十三號。」霜玄答道，「你乾脆問問現在幾年算了。」

秦觀沉默了片刻，面色嚴肅地抬起頭問道：「……現在幾年？」

「隱居成仙吧你。」霜玄翻了翻白眼。「截稿日到底是什麼時候？」

「唔……十四號？十五號？還是二十號？」秦觀搔了搔頭。

「給我記好！是十七號！」霜玄喊道，「上次我和一堆法國經裡在開會時，你的編輯突然哭著打來說截稿日都過三天了你還打死不開門不接電話裝死，害我只能草草結束會議……」霜玄嘖了聲，瞇眼看向秦觀，「因為白　集團的事，最近重要的會議會很多，最好別再讓我接到你編輯的電話。」

「那你叫他別催我稿咩……」秦觀咕噥，再度把頭埋回床鋪。

「給我遵守截稿期。」霜玄眼角抽搐。

「啊——好啦好啦，二十七號對吧？」秦觀在床鋪上翻身滾了一圈。

「是十、七、號！」

「哎……是是是，十七號就十七號，吼什麼吼嘛……」秦觀摀著耳朵嘟囔。

霜玄自床鋪上起身，走向廚房。「好了，我去弄點吃的。你再吃微波食品，哪天我回來看到的可能就是乾屍了。」

「啊，我要吃蛋包飯、蛋包飯！」秦觀跳起身喊道。「還要用番茄醬在上面寫我的名字喔！」

「誰讓你點菜了？」霜玄罵道。雖然如此，仍然從冰箱裡拿出了兩顆蛋。

秦觀興奮地翻身下床，屁顛屁顛地跟到廚房裡，滿臉期待地看著霜玄準備食材。

霜玄捲起袖管，披上圍裙，冷睨了身旁雙眼閃閃發亮的秦觀一眼。「有時間就去收拾你的桌面，都快養出王蟲了。」

「有你這賢妻良母在，就是養出迅猛龍我也不怕——」秦觀黏上霜玄，從後面抱住霜玄的腰，臉頰在他的背上蹭啊蹭的。

「誰是賢妻良母了？」嘴上這麼罵，霜玄卻微微勾起嘴角。他喜歡秦觀貼著他的感覺，也喜歡秦觀這樣和他撒嬌。

於是，霜玄挽好袖子，開始洗米。

「喂，醒醒。」霜玄搖著就這麼掛在自己身上睡著還打呼流口水的秦觀，拔開他緊圈著自己的雙手。

沒有了支撐，秦觀咕咚一聲摔到地面，繼續打鼾。

霜玄將做好的蛋包飯放至桌上，無奈地拎起他，晃了晃，喚道：「秦觀，吃飯了。」

聞到食物香氣，秦觀這才恍惚張開眼，揉了揉眼睛，「嗯？什麼？」

「吃飯了。」霜玄將秦觀擺到椅子上放好，再走到廚房將餐具拿出來放至桌面擺整齊，還替秦觀在領口塞了條防止衣服弄髒的白布。

「飯！」秦觀興奮地瞪大雙眼，趕緊看向餐桌上的蛋包飯。

淺黃色的蛋包飯冒著捲捲蒸氣，沒有任何一顆飯粒露出來，包得十分完美。

「呃……我不是要你在上面寫我的名字嗎？」秦觀面色凝重地看著眼前的蛋包飯。

「給我好好吃光。」霜玄勾起嘴角，脫下圍裙。

只見淺黃色的蛋包飯上，用如血般鮮紅的番茄醬寫著三個大字：截稿日。

「看起來好難吃……」秦觀欲哭無淚地哀嚎。

〈番外：如果在現代〉完

墨龍調戲事典 / 傀引作 . -- 初版 . --
臺北市 : 奇異果文創 , 2014.04
210 面 ;12.8*18.9 公分 . -- (耽美愛 ;
1)
ISBN 978-986-90227-3-6(平裝)

857.7 103004856

耽美愛
001

墨龍調戲事典

作　　者　傀引
封面&內頁插畫　匣毒鴉

美術編輯　張懷文
總 編 輯　廖之韻
創意總監　劉定綱
行銷企劃　宋琇涵

法律顧問　林傳哲律師 / 昱昌律師事務所

出　　版　奇異果文創事業有限公司
地　　址　台北市大安區羅斯福路三段 193 號 7 樓
電　　話　(02)23684068
傳　　真　(02)23685303
網　　址　https://www.facebook.com/kiwifruitstudio
電子信箱　yun2305@ms61.hinet.net

總 經 銷　紅螞蟻圖書有限公司
地　　址　台北市內湖區舊宗路二段 121 巷 19 號
電　　話　(02)27953656
傳　　真　(02)27954100
網　　址　http://www.e-redant.com

印　　刷　永光彩色印刷股份有限公司
地　　址　新北市中和區建三路 9 號
電　　話　(02)22237072

初　　版　2014 年 3 月 30 日
I S B N　978-986-90227-3-6
定　　價　新台幣 230 元

在清幽的黑龍宮裡養雞，
鏟花埋花只為種菜，
帶壞龍宮裡唯一一隻鳳凰，
甚至還強吻龍王——

俗話說天下人類不怕九品只怕沒品，
他這個眾妖之首、群龍之主、睥睨天下的偉大黑龍王……
也只能認了。

ISBN 978-986-90227-3-6
00230
9789869022736
建議類別—BL小說

秦觀

煙迴地區數一數二的大痞子，
喜歡飲酒、種菜、吟詩作對。
被黑龍王綁架軟禁，
卻終日調戲龍王。

霜玄

貴為眾妖之首的黑龍王，
妖力被秦觀的爺爺封印，
因而抓秦觀來解咒，
沒想到卻終日遭調戲。

海灘調戲事典

傀引 著

首刷限定番外小冊

繪者／匣毒鴨

第一章

鈴鈴鈴鈴

第一章：鈴鈴鈴鈴

鈴鈴鈴鈴——鈴鈴鈴鈴——

刺耳的聲響傳來，電腦前的秦觀在全身都不移動分毫的情況下，轉動眼珠，用非常嚴肅而詭異的神情看著旁邊的電話。

為什麼電話會在這裡？不對，應該說怎麼會有電話？他不是已經把電話線全剪光了嗎？嗯？不對，這不是之前那台電話！

可惡，霜玄那傢伙又給他裝了一台新的……

鈴鈴鈴鈴——鈴鈴鈴鈴——

秦觀移回眼球，繼續看著電腦螢幕，那個後半段空白了很久的檔案。

好，男主角和女主角到了海邊的渡假別墅，接下來劇情該怎麼發展呢？嗯，這個問題已經煩惱他好久了。該讓男主角被海邊的比基尼辣妹勾引嗎？還是女主角在那裡碰到了一個其實是她初戀情人的衝浪手？嗯……

鈴鈴鈴鈴——鈴鈴鈴鈴——

或許也可以是男主角在那裡碰見了同年玩伴兼好友，那個好友卻愛上了女主角，變成一段三角戀愛……

3

鈴鈴鈴鈴

鈴鈴鈴鈴——鈴鈴鈴鈴——

秦觀終於忍無可忍地拍桌怒喊：「啊啊啊啊啊——吵死啦——！」

然後立刻彎身要把電話線拔掉——

「靠！」

秦觀驚嚇地發現牆壁上的電話線接頭……不，跟本沒有電話線接頭了，電話線是直接嵌進牆裡的。

鈴鈴鈴鈴——鈴鈴鈴鈴——

他立刻想抄起整台電話，卻發現電話死死釘在桌上，竟然還用鐵片固定。

於是秦觀改抄起剪刀，想剪斷電話線。一剪下去，電話線與剪刀發出一陣脆響，虎口一陣刺痛。

秦觀赫然發現，電話線外面包的不只是橡膠，竟還有一層上了漆的鋼。

鈴鈴鈴鈴——鈴鈴鈴鈴——

「啊啊啊啊——可惡啊——！接就接，誰怕誰！」秦觀惱怒地接起電話。

「誰啊？大清早的吵什麼吵啊？」秦觀朝話筒道。

「秦觀老師，你終於接電話了。請問稿子的進度如何呢？應該記得截稿日是五天後吧？」話筒另一端傳來清亮端正的嗓音。

「小藍……」秦觀清了清喉嚨，「所謂『截稿日』這種東西呢，一般來說都是當作參考。寫小說是一件非常感性的事，不該被理性如此規範……」

「閉嘴。」小藍即答。他是秦觀的責編，有著一張娃娃臉。出了出版社，所有看到他的人都會毫不懷疑地認定他是國中生。

「給我說實話，你的進度到哪裡了？」小藍說道。

「呃……廣義而言，我已經快寫完了。」秦觀心虛地縮小螢幕上開著的文字檔，即使小藍看不見。

「別給我玩什麼廣義狹義，我要確切的字數。不准四捨五入、不准無條件進位、不准大約大概可能或許應該。」小藍語氣陰狠嚴肅。

「嗯……」秦觀沉默片刻，吸了口氣，才道：「……四萬零五百一十個字。」

「四……你、你……」小藍你了半天，好不容易才湊出一句完整的話：「你、你只寫了四萬字？」

「正確來說是四萬零五百一十個字。」

「你還差四萬字啊！」

「正確來說是差三萬九千四百九十個字左右。」

「截稿日只剩五天，你最好是寫得完啦！之前的兩個半月你都在做什麼啊！」

「我從以前就覺得，要我三個月寫一本書實在太不人道了。我嚴重懷疑這違反了勞動基準法，跟本虐待創作者壓榨勞工心理變態……」

「閉嘴。你三個月寫一本，但是有一個月的休息時間，誰像你待遇這麼好啊？你這次進度真的落後太多了，接下來一天至少得寫八千字才趕得完……」

「正確來說是七千八百九十八個字。」

「你，閉嘴。反正你得在五天後把稿子給我，否則——」

「你要我五天寫四萬字！這樣得爆掉幾顆肝啊！」

「正確來說是三萬九千四百九十個字。我管你會爆掉幾顆肝，反正你就學普羅米修斯給他長回來。總之，沒寫完的後果——我會帶所有出版社手邊沒事的員工拜訪你家，在你背後日以繼夜不眠不休輪班盯著你直到你趕出來為止。」

「什麼！」秦觀大驚，「你、你別想！我打死也不會開門！」

「沒關係，我已經和霜玄總裁大人聯絡好了。他說他到時候一定會把你綁在電腦桌前，幫我們所有人開門。」

「霜、霜玄——！你這個叛徒啊啊啊啊——」

†

處理了一整天白鳳集團意圖併購的事，霜玄疲憊地揉了揉眉心，打開家門。
一走進去，就看見秦觀趴在電腦桌前，可憐兮兮地盯著他。
「你回來啦……」秦觀有氣無力地道。
霜玄蹙眉，脫下皮鞋和外套，解開領帶。
「小藍有打過來？」他問道。
「多虧了你的新電話。」秦觀咕噥。
「沒事就換電話線，多浪費地球資源。」霜玄挑眉道。
「哎——唷——」秦觀滑開椅子，歪歪倒倒撲上床鋪，「不管了啦——我江郎才盡了啦——寫不出來就是寫不出來嘛——是他們自己虐待創作者壓榨勞工心理變態啦啊啊啊——」
看著秦觀自暴自棄地在床上耍賴打滾，霜玄無奈地嘆了口氣。又是這種狀況？也難怪，截稿日前五天……
霜玄走到床鋪邊，坐下。
「你寫到哪裡了？」霜玄問道。
「跟之前一樣啦。」秦觀將頭埋在被子裡，悶悶回了一句。
「海邊那裡？」霜玄蹙眉，「你怎麼會寫不下去？」
「哎唷——！煩死了，我也不知道啦！」秦觀惱怒地喊道，「海邊海邊海邊，什麼海邊嘛！我都已經幾年沒去海邊了，何況是那種海邊渡假別墅！怎麼可能會寫嘛！吼唔唔唔唔——」秦觀咕嚕咕嚕地亂喊一陣，等到沒再亂喊亂叫時，傳來深沉的呼吸聲。

「秦觀？」霜玄俯身，試探性地喚道。

「嘶——呼……」秦觀雙眼緊閉，眼睛下方是濃濃的黑眼圈。

霜玄嘆了口氣，摸摸秦觀的頭。也罷，就讓這傢伙睡吧。

他起身，替秦觀蓋好被子，拿出手機。

按了幾下螢幕，霜玄道：「金鷲。立刻準備好飛機。沒錯，到——」

第二章

海邊渡假別墅

第二章：海邊渡假別墅

「嗯……」因為刺眼的陽光，秦觀嚶嚀了聲，睜開眼。

眼前是飄動的白紗窗簾，與從窗戶灑下的亮麗陽光。窗外吹來一陣腥鹹的氣息，還有陣陣規律的海聲。窗外是一整片白沙灘，與湛藍的淺海。

秦觀重新閉上眼。

啊，上天對他真好。竟然在這種時候讓他作了一個和稿子內容有關的夢。沒錯，得把這個夢見的場景記下來才行，這是個好素材……

「秦觀，你醒了？」霜玄的嗓音。

「啊啊……別打擾我的好夢……我好不容易才夢到和劇情有關的海邊渡假別墅……」秦觀閉著眼咕噥。

霜玄不禁覺得有點好笑地勾了勾嘴角，脫下圍裙扔到一邊，撥開秦觀遮住臉的髮絲，道：「好了，醒醒吧。早餐也做好了。」

「唔唔……」秦觀扭動了一下，迷迷濛濛地睜開眼，喃喃道：「你今天怎麼不用趕著到公司，竟然還有時間叫我起床……」

秦觀的聲音戛然而止。眼前的景像仍然是白紗窗簾、燦爛陽光、白沙灘與湛藍淺海。

「呃……」秦觀揉揉眼睛。

重新睜開眼，仍然是白紗窗簾、燦爛陽光、白沙灘與湛藍淺海。

「糟糕，霜玄，我可能真的寫稿寫到瘋了，現在竟然會看見小說裡的場景……」

秦觀面色鎮定而聲線微顫地說道。

霜玄在心底失笑，但他仍面色不改地直接抱起秦觀，走出門外。

在明媚陽光、湛藍天空下，他們站在一座南洋風別墅的陽台上，能清楚看見一望無際的淺海。

出了房間，海的味道更為明顯，秦觀呆呆看著眼前的景色，被霜玄抱著還沒回神。

「這……這到底是怎麼回事？」沉默了許久，秦觀呆愣愣地問。

「你不是說沒到過海邊渡假別墅，所以寫不出來？」霜玄反問。

「呃？有這回事？」秦觀皺眉。似乎是有……但這怎麼想都是耍賴的藉口吧？他也沒談過正常的男女戀愛啊！如果因為沒體驗過就寫不出來，他怎麼可能選言情小說家為職業？

「你昨天才說的。」霜玄皺眉。

「哦，對對對……」秦觀趕緊附和，然後訥訥道：「那個……這裡……到底是……」

「海邊渡假別墅。」

「……嗯，我看得出來。」秦觀沉默片刻，「我是說，怎麼會有這棟海邊渡假別墅？」

「哦，這裡是我名下的私人渡假海島。」

「原來如此……什麼！你有私人渡假海島！」秦觀大驚。

「樊青擅自用我名字買的。」霜玄說道。

「樊青……你二哥？」

「嗯。他認為這是個好投資。但在今天之前這地方一次也沒用過，卻還得定期請人來打掃。」

「私……私人渡假海島……」秦觀仍震驚地喃喃，「沒想到你這總裁還真的是超有錢……」

霜玄挑眉，「不然怎麼養得起你這傢伙？」

「什麼啊……講得好像我很會花錢一樣。」秦觀咕噥。

「你想去吃的那些餐廳、寫完稿後去旅行住的飯店，你以為那些都是路邊攤和汽車旅館？」霜玄道，「上次去的 Frozen Blonde，光你一人的花費就是十三萬。」

「十……！」秦觀一窒。「我……我突然覺得我寫小說實在很沒意義……」他花了三個月寫完一本書的稿費，連那一個晚上費用的一半都出不起。

「怎麼會！」霜玄突然喊道，把秦觀嚇了一跳。

「嗯？」秦觀怔忡。

「呃……」霜玄頓了頓，臉頰閃現一抹微紅，撇開視線，「你的書……還、還是有人在看的……」

秦觀差點噴笑出聲。這、這傢伙！這是什麼彆扭說法啊？什麼叫「還是有人在看的」，搞得好像沒人看他的書一樣！

「我說總裁大人啊……」秦觀雙臂環住霜玄的脖頸，挑眉問道：「你要表達的就是你有在看、你覺得很好看、希望我繼續寫吧？」

「少囉嗦。」霜玄放下秦觀，轉身走回屋內。「快來吃早餐，都要涼掉了。」

「是是是。」秦觀笑著進屋，不繼續調侃總裁大人幾乎變成番茄的臉。

第三章

雞尾酒

第二章：雞尾酒

吃完了幾乎等於午餐的早餐，秦觀把握這大好機會，拉著霜玄在這座熱帶小島上大逛特逛。

在沙灘打滾，到海裡打滾，在椰子樹下打滾差點被椰子砸中，秦觀把所有能玩的地方都玩遍了。

但當玩累了之後，霜玄帶他穿過一座色彩鮮艷的小樹林，抵達了海灘邊一座露天酒吧時，秦觀才驚訝地發現他並不是每個地方都玩過。

這座露天酒吧是用竹子和椰子之類的東西建成的。即使太陽還沒下山，已經在簷下的彩色玻璃燈裡點起了蠟燭。

想當然耳，這裡除了他們沒有其他客人。

秦觀立刻自動自發地在吧檯前坐下。椅子也是用粗竹支撐，椅墊的質感則有點像深棕色的乾乾椰子皮，令秦觀非常有興趣地給人家撕下好幾片椅子皮。

「好了，快吃晚餐吧。你回去還得寫稿呢。」霜玄坐到秦觀身邊。

「回去？這麼快就要回去了？」秦觀問道。

「不是回家，是回別墅。你可以在這裡待到截稿日那天。」霜玄道。

「哦哦！太棒了！」秦觀歡呼。

「不是在這裡玩，要記得寫稿。」霜玄蹙眉。

「好好好，我現在可是靈感充溢呢。」秦觀心不在焉地回道，興奮地看著吧檯裡待命的調酒師。

調酒師看起來很年輕，感覺就像熱帶地區的人，穿著也是南洋風，但卻多了一種氣質，感覺不是很純粹的在地人。

「你是哪裡人啊？」秦觀開心地問。

調酒師愣了愣，看向霜玄，見霜玄沒有反對他開口的意思，才答道：「母親是主島的人，父親是特摩洛人。」

「哦！難怪。」秦觀點頭喃喃道，「果然血統複雜的都長得比較好看。」

調酒師怔忡。

霜玄的臉色稍稍冷了幾度。

此時，秦觀突然注意到調酒師的手環是用類似鳥骨或是什麼細小骨頭做成的，覺得十分特別，想著可以把這調酒師當成配角放進小說裡，不禁抓起了調酒師的手仔細端詳起來，完全不顧時間場合。

調酒師和霜玄都呆住。

「這手環是什麼做的啊？」秦觀還在仔細端詳手環，絲毫沒發現一旁的霜玄表情冷了十幾度。

調酒師臉頰滴下冷汗，覺得不回答很不禮貌，又覺得回答會被霜玄殺掉，支吾了半天說不出話來。

「怎麼了？語言不通？」見調酒師都不回答，秦觀疑惑地抬頭看著他。

霜玄的臉更冷了，因為秦觀仍抓著調酒師的手沒放。

調酒師的冷汗越滴越多。

「嗯？你也不知道嗎？呃，好吧，那我就猜是鳥骨囉？」秦觀自顧自地說道，繼續研究手環，把調酒師的手正反面翻看了好幾回，還道：「嗯？你皮膚真好。雖然膚色比較深，但平常一定沒曬很多太陽……」

就在此時，一陣力道把秦觀拉了過去。

秦觀只覺得眼前一花，等會意過來時，才發現霜玄正和他嘴對嘴，還把舌頭也探了進來。

總算得回自己的手的調酒師趕緊移開視線，眼前活生生上演的深吻秀令他有點尷尬地紅了臉。

「唔？唔唔……！」秦觀呆了許久，才發現自己快沒氣了，想掙脫，霜玄的手卻扣得死緊。

等到霜玄終於親過癮，放過秦觀時，秦觀怒雖怒，卻只能大口吸氣，連拿手指著霜玄的力氣都沒有。

稍微恢復之後，秦觀指著霜玄怒道：「你、你這傢伙突然之間做什麼啊？」

「誰叫你忘了要點餐。等一下還有稿子要寫，當然得提醒你一下。」霜玄冷哼了聲。

「你……你要提醒不會用說的喔？而且我是為了要取材耶！」秦觀一臉莫名其妙，「我想把他加進去當配角啊！說不定那個手環是他和女主角之間的信物之類的……」

雖然聽到秦觀是為了要取材，令霜玄心情好了一些，但聽見秦觀想把調酒師加進去當配角，臉又沉了下來。

「為什麼？」霜玄問。

「啊？什麼為什麼？」秦觀被問得莫名其妙。而且這種時候，應該是他要問為什麼強吻他吧？

「為什麼他可以當配角？」

「啊？」這個問題來得莫名其妙，機伶如秦觀也愣了三秒才能反應：「什……什麼為什麼？因為我想在裡面加個調酒師啊。」

「為什麼？」霜玄又問，臉色還是很難看。

「你……你到底在為什麼什麼啊？」秦觀道。

「為什麼你想加調酒師，不加總裁？」

「啥？」這個更莫名其妙的問題，讓秦觀呆滯了七秒。「為……為什麼我要在裡面加總裁？熱帶海邊哪來的總裁？」

「你的書裡為什麼都沒有總裁？」霜玄終於問了。秦觀的小說曾以很多人做為樣本，連小藍、金鷲、銀寒或是路上連話都沒說過的人都有，就是沒有他。

「什麼？現在那麼多人在寫總裁，都把總裁寫爛了，我怎麼可能再跟他們一起瞎起鬨？」秦觀理直氣壯地回答。

這個理由成功讓霜玄閉嘴。滿肚子悶火但什麼也不能抱怨，總裁大人只好把氣出在調酒師身上，點了一大堆很難做而且兩個人一定吃不完的菜色。

秦觀則是點了一大堆雞尾酒。

因為需要的菜色太多了，連調酒師在調好兩杯雞尾酒之後，也被抓去後場幫忙。

秦觀很快就喝掉了兩杯雞尾酒，滿意地咂舌舔嘴唇，卻發現調酒師不見了。

「嗯？人呢？」秦觀疑惑。

「幫忙去了。」霜玄冷冷道，心中有股報復的快感。

「哎呀，都是你點那麼多！一定吃不完嘛。」秦觀抱怨，「我有七杯酒還沒來耶！」

「那種東西飯後再喝。」霜玄蹙起眉，「而且點這麼多，喝得醉醺醺的你要怎麼打字？」

「這也是取材嘛。取材要全方面一點才行，當然不能只試一種。」秦觀說道，伸了個懶腰，「唔……今天就讓我體驗個夠，要玩就玩到底，明天再卯足火力開始狂飆。」

「每次都到截稿日前才開始卯足火力……」霜玄有點無奈地皺著眉。

「不然截稿日是為了什麼存在的？」秦觀理直氣壯地挑眉反問。

第四章

海灘

第四章：海灘

「嗚哇——頭好暈喔！」秦觀邊笑邊搖搖晃晃地到處亂走。

霜玄嘆了口氣，抓住秦觀，扶著他走。

「你真的喝太多了。」霜玄蹙眉。

「死腦筋，我……我告訴你，」秦觀暈呼呼地說道，「酒這種東西，一向只有嫌太少，沒有嫌太多的。」

霜玄只能又在心底嘆了口氣。

「啊！那是什麼！」秦觀突然喊道，掙脫了霜玄的攙扶就往海跑去。

「小心！」霜玄只來得及這麼喊，趕緊追了上去。

秦觀站在一個不小的水坑旁邊看著。

這一區的海灘白沙較少，反倒是岩石比較多，因而被侵蝕出大大小小的水坑。這裡就是其中一個被海水沖刷出來的、像是一座豪華浴池般大小的水坑。

霜玄還來不及說「你喝醉了，站在水邊危險」，就見秦觀身子一歪，咕咚一聲掉進水坑裡。

「秦觀！」霜玄立刻跳進水坑裡。

一撈起秦觀，秦觀卻突然撲過去，緊圈住霜玄的頸子，吻住霜玄。

霜玄呆住，只覺得嚐到酒味和一點海水的腥鹹。

過了一會兒，秦觀才放開霜玄，得意笑道：「嚇到了吧？這樣我們就扯平了！」

霜玄這才回神，雖然鬆了口氣，仍沉聲說道：「秦觀！說了多少次，別用這種方法嚇人。」

「就說我其實清醒得很吧！區區十幾杯或幾十杯雞尾酒，怎麼可能醉得倒本爺？」秦觀得意，摟霜玄摟得更緊了些。

霜玄微微蹙眉，「好，既然你沒醉，就趕快離開水裡，回去好好寫……」

秦觀卻突然用兩腳纏住霜玄的腰，整個人掛在霜玄身上。被海水浸濕的衣料，清楚傳達兩人的體溫。

「秦觀？」霜玄蹙眉，「你還得回去寫稿……」

「別這麼一板一眼嘛，總裁大人。」秦觀就這麼跨纏在霜玄腰上，臉頰在霜玄胸口蹭呀蹭的。

「你的截稿日是在四天後。」

「這也是取材之一啊。」秦觀咬了霜玄的脖子一口。

「你寫的又不是十八禁……」

「要寫到雖然不是十八禁，但讀者可以自己在心裡十八禁，這才是最高境界。」

秦觀理直氣壯地說道，咬開霜玄的釦子。

霜玄微微蹙眉，「至少回別墅……」

「你這傢伙到底要不要跟我十八禁嘛！」秦觀怒瞪霜玄，「到嘴的肥肉不吃，還是不是男人啊！虧你還是個總裁大人。」

霜玄挑眉，翻身把秦觀按到水坑邊，「這可是你說的。到時候哭了，是你自作自受。」

「會哭的是誰還不知道呢。」秦觀玩笑道，摸向霜玄褲頭。

「還能這麼狂妄。」霜玄勾唇，湊向秦觀的嘴，啃吻的同時，一手隔著衣服搓弄秦觀胸前的凸起。

「唔嗯……」秦觀悶哼了聲，解霜玄皮帶的手一陣酥軟，在接吻的空隙間埋怨道：「你怎麼到海邊來……還穿這麼正式……」

霜玄隔衣輕咬秦觀胸前凸起，滿意地聽見秦觀一聲驚呼。霜玄捏住秦觀下頷，看著他的臉，勾唇道：「就是為了看你這副神情。」

「哎，想讓我焦急是嗎？」秦觀挑眉，雙頰因情慾染上嫣紅，用大腿蹭向霜玄胯間。「我看你這兒也焦急得很吶。」

「少囉嗦。」霜玄一手探進海水中，秦觀的海灘褲裡，握住他挺立的慾望，輕輕搓弄。

「嗚……！」因為霜玄的套弄，加上海水的刺激，秦觀沒多久就悶哼一聲發洩出來。

「幸好你堅持要在這裡……」霜玄眼角帶著一絲邪佞的笑意。他看著海水中秦觀的濁液逐漸消融無蹤，水裡秦觀腿間的艷色，還有因被海水浸濕，從淡色衣物透出的胸前兩點嫣紅。

「這景象……真的很煽情。」一手扣住秦觀的胸，另一手探向秦觀股間，在伸入一根手指的同時，欣賞秦觀泛紅的雙頰、濕潤的眼眸，幾絡貼在臉頰上的濕髮讓秦觀的神情更為惑人。

「嗚……」秦觀將臉埋在霜玄頸間，貓一般拱著背，水中的雙手緊揪住霜玄的皮帶，喘了半天好不容易才解開。

圈住霜玄腿間的硬熱，虛軟地上下摩擦了幾下，秦觀終究還是放開，道：「不要……手指……你快進來……」

霜玄勾起嘴角，手指在穴內用力一壓，引得秦觀一陣驚呼。

「焦急的是誰啊？這裡可是把我吸得很緊呢。」霜玄在秦觀耳邊輕聲道。

「你……！你這傢伙……」秦觀不禁氣得咬了霜玄的脖子一口，留下一排齒痕，「真……低級……你這……禽獸……！」

「只有野獸才會用咬的……」脖子被秦觀咬出齒痕，霜玄也不介意，繼續調侃道：

「你這小野獸似乎沒資格說我。」

「嗚……誰說……」秦觀還想繼續還嘴，霜玄卻突然抽出在他體內的手指，猛地挺進。

「……嗚！」秦觀抽氣，緊抓住霜玄背後衣料。

霜玄捏著秦觀的窄腰，緩緩頂到最底。窄穴一抽一抽地顫抖著，秦觀眉頭緊蹙，臉頰酡紅，緊閉的眼角蓄著淚花。

「你是……故意的吧！嗚……嗚……！」

沒等秦觀抱怨完，霜玄就攬著秦觀的腰，緩緩律動起來。

怕秦觀被後方的礁石傷到，霜玄將放在秦觀腰上的手往上移，環住秦觀，護著秦觀的背脊。秦觀緊抓住霜玄衣服，幾次深深挺進，榨出他一陣陣呻吟。

秦觀胸前兩點艷紅，因上衣濕透而變得非常明顯，霜玄低頭輕咬，毫不意外地讓秦觀一陣顫抖。

「不脫上衣……反而更色情啊。」霜玄離開秦觀胸口，另一手往下探，握住秦觀挺立的柔韌。

「咿！啊……」秦觀又是一陣顫慄，內穴一陣陣痙攣。

「不……我、我要……啊！」

秦觀射出的熱液在微冷的海水中散去，霜玄也同時在秦觀體內爆發。秦觀一陣軟膩呻吟，腰際痙攣了一會兒之後，才虛脫地全身掛在霜玄身上。

霜玄離開秦觀體內，秦觀又是一陣悶哼，肩膀微微縮了一下。

「如何？這樣的取材你還滿意嗎？」霜玄在秦觀耳邊低語。

「……滿……滿意滿意……」秦觀鬆開抱著霜玄的手，動作疲憊而虛浮地轉身，拖著軟綿綿的身子想爬上岸。

他剛剛真的是有點醉昏了，現在只想趕快回別墅睡個好覺。夕陽已經掛在天邊，把海面燒成金紅色。

此時，他的腰卻被扣住，而他能清楚感覺到後方抵著什麼。

「呃……霜、霜玄……」秦觀嘴角抽搐。

「你不是說過嗎？取材要全方面一點才行，當然不能只試一種。」霜玄的手指滑過秦觀腰側，輕輕撥開水面下的臀瓣。

「嗚……！別、別開玩笑了！這種試一次就行了，你……」

看見石榴色肉穴溢出他剛剛留下的白液，霜玄滿意地勾唇，「這次可是你先挑起的，好好負起責任吧。」

「啊啊……！」霜玄的勃發的慾望擠入，混著海水，令秦觀一陣刺麻。他緊摳住岩壁，攢眉呻吟，承受來自後方的進犯。

他能感覺到深入體內的撞擊，以及海水在背後的拍擊。微冷海水與體內熱度的強烈對比，以及想隔絕在外卻不斷傳入耳中的淫靡的水聲，都令他酥麻顫慄。

「不……拜、拜託……嗚！嗚嗚……！」秦觀帶著哭腔，不少髮梢的水珠因搖頭甩落。

「秦觀……」霜玄貼上秦觀背脊，享受著秦觀濕髮的氣息，一手探入衣內搓弄秦觀胸前的紅萸，另一手則探向秦觀腿間。

「不……嗚……海、海水好刺……」

「誰要你不選浴缸，反而選了海邊——」霜玄將秦觀的臉轉過來，貼著他的唇說道：「怎麼說，都是你自作自受。」霜玄吻住秦觀。

「嗚唔……」累得快虛脫，加上嘴巴又被霜玄堵住，缺氧的秦觀幾乎想直接昏死過去。

與秦觀唇舌交纏了好一陣，才甘願離開他的唇。

「嗚！可、可惡……你到時候……最好……幫我把……嗚！小、小藍他們……都擋在門外……啊嗯……」秦觀雙頰嫣紅，艱難地皺著眉。

「嗯？」霜玄應道，刻意深深一記挺進，握著秦觀腿間柔韌的手收緊。惹得秦觀在驚呼的同時，水裡的分身洩出一道熱液。

「嗚……可、可惡……」秦觀含淚，虛軟地攀在池邊，用盡最後一絲力氣怒道：「到時候我稿子交不出來都是你害的啦啊啊啊——」

第五章

返家

第五章：返家

鈴鈴鈴鈴——鈴鈴鈴鈴——

唔？好熟悉的電話聲……秦觀睜開惺忪的睡眼，看見電子鐘上寫著下午一點三十二分。電腦桌上的電話一直響。

鈴鈴鈴鈴——鈴鈴鈴鈴——

嗯？等等，電腦桌？秦觀這才清醒，環顧了四周一圈。

對了，他昨天才在海邊渡假別墅寫完稿子，累得連稿子都沒傳給小藍，倒頭就睡。沒想到一醒來就回到家了……霜玄這傢伙還真有行動力。

鈴鈴鈴鈴——鈴鈴鈴鈴——

「來了來了……」秦觀喃喃抱怨，半走半爬到電腦桌前，打了個呵欠接起電話。

「小藍啊？稿子我已經寫好了，等一下就傳給你……」

「秦觀老師！你竟然接電話了！」小藍驚喊，「在這個時間打果然是對的。哦，稿子我今天早上就收到了，剛剛正好全部看完。大致上沒什麼問題，一些小錯字我會幫你修掉。」

「哦，六天趕出那麼多字，難免難免……」秦觀邊搔頭髮邊打呵欠。打呵欠打到一半才發覺不對勁，趕緊煞住呵欠，問道：「等等，稿子我已經寄給你了？」

「嗯，是啊。今天早上八點多的時候。你難得會這麼早寄，你不是通常都下午才起床？」

「我是下午才起床沒錯……」

電話另一端傳來一陣叫嚷。

「啊，總編在叫我了……」小藍說道，「總之，恭喜你完稿啦！只遲交一天而已。對了，非常期待你的新系列！你難得會選這種流行題材，很期待你會如何發揮哦。你的書迷一定會很開心的！啊，就這樣，書樣做好後會再給你檢查一次！」

「等……新系列？」

喀嚓！

電話掛斷了。

秦觀蹙眉，放下電話，打開休眠中的筆電，點開桌面的檔案。

他什麼時候要寫新系列了？他哪時會這麼早就定計畫了？小藍不知道又在瘋言瘋語什麼……秦觀無所謂地想著，滑鼠不斷向下轉，將檔案大略瀏覽了一遍。

轉到檔案最底，秦觀卻發現在「全書完」這行字後面，竟又多了幾行空白。

狐疑地向下看，秦觀發現在空白的行數最後面，是一行簡短的標楷體：